亲爱的生活

茉莉 ○ 著

北京时代华文书局

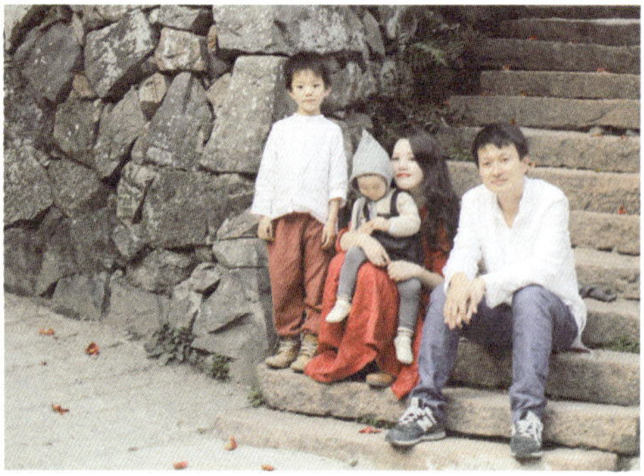

序

普通的故事，亲爱的生活 　　　　　　三儿

茉莉要出第二本书了，真好。

站远些看看她的人生，挺厉害啊。一个人离开兰州，一路漂泊，最后跟先生，也就是我，定居到了千里之外的苏州。想起有一次我们做活动聊"离开家乡"这个话题，一个"绽友"饱含深情地诉说她的离家之愁，后来她说是从无锡到苏州定居……

十年前，她毅然从银行辞职，跟着百度自学平面设计，那时候的百度还是个创业公司，根本没有那么方便查找资讯，但她就靠这个"老师"成了著名作家饶雪漫的"御用"设计师。还有，这个茉莉小姐，图书设计做到总监位置又转行做起了服装，如果说从批发市场，哪怕是韩国的批发市场进点货卖卖，其实也不算什么，但她后来成了设计总监，正儿八经地做起了自己的服装品牌，被数百万粉丝热爱着，而她则有事没事就带着"绽友"全球去旅行……嗯，还有最重要的，她

当初押宝三儿，只身前往北京，与他共挤一张一米二的单人床，现在华丽转身，大大的双人床不消说，身边还围着一男一女两个小娃和一个帅气的先生。朋友评价她是"人生赢家"，一向谦虚的她这时却总是会高高仰起头说，当然！啧啧啧，一个从小就自卑、觉得自己丑的姑娘（现在这点也常被挂在口头，但慢慢学会这样逼问我了：你老婆美不美！），如今成了一个年轻貌美女企业家了，细数这些成就，简直吓我一跳，平时在身边不觉得，原来这茉莉小姐，算是个极品啊，我赚大了！

平复一下激动的心情，再来说说她的工作吧。其实上面的生活真的只是一部分而已，你看悠闲荡漾在水上的鹅，水底的脚丫子不得使劲地划动？茉莉对工作的热情是非同一般的。如果她要去做一件事，她会投入百分之一百二的热情，认真试问一下，做到这点的人不多吧？同时，如果她遇到不会的，她总能想到方法，让我佩服。但其实你说她这是聪明吧，我倒觉得只是热情激发了她的小宇宙罢了。人个个是天才，就看使劲不使劲。就这么一个在工作上热情满满的人，后来我和她一起创业了。这个过程之痛苦应该是所有夫妻创业者都感同身受的。因为夫妻呢，有种说法是"公开的敌人"，就是说，每天晚上躺在你身边的，其实很可能是想掐死你的人……妈呀，一会儿我还上床不上床？

熬过这个过程花了一点时间，但我们彼此都很用心做事，也真的觉得，人生有什么能重要到去影响一段感情？我们一起看书、学习、上课，也遇到了她书里提到的胡因梦老师。总之，现在的我们携手踏上了认知自我与成长的旅途。感恩经历过的痛苦岁月，也要向那段时期里被我的火力击伤的茉莉同学表达歉意。人们总是在痛苦中才懂得学习，在失去后才懂得珍惜。还好，我们没有失去彼此，而是提前学习如何珍惜。

比起珍惜我，她恐怕是更珍惜两个宝宝，我对此表示嫉妒，但是两个宝宝也确实太可爱了。大宝宝嘉嘉真的又乖又贴心，素质比我要高很多，情商更是甩过我两个街区。比如有次吃饭时，他居然说：妈妈，你今天化妆了呀，真漂亮！我一口饭差点噎着，无地自容啊！他娘化了妆，我怎么就没看出什么区别呢？幸好我马上学习儿子，补说道，嗯，妈妈化妆就是漂亮。然后就换来茉莉"不化妆不漂亮吗"的质问。二宝悦悦长得就是一脸福相，肉嘟嘟的，与她娘旗鼓相当，我总是喜欢抱她亲她，所以有时候一看见我上前，她就蹲地上假哭，这种时刻每次都能让我内心变得特别柔软。无论如何，真是好爱他们啊。但是比起我这些迟钝的亲昵，茉莉与两个孩子的联结是超强的，这个从每天下班回来俩娃叫着"妈妈、妈妈"绕过我扑向她怀里就知道了。从这本书里"亲爱的小孩"部分，你们也能感受到这份细腻的爱。

茉莉是个念旧的人，也是一个贴心的人。那么多认识不认识的朋友喜欢她，离不开她身上那股真诚的善意。这是一种如水一样的力量，在相识的十几年时间里，我被这股水浸泡，浸染，一点点变柔和……夫妻，一面是彼此的敌人，一面又是各自的老师。不得不承认，生命里很多人都在改变你的人生轨迹，但是亲密的爱人，才是真正的雕塑高手，区别在于，她是废掉了你的胳膊，还是将你伟岸的身躯从原石中萃取呢？我觉得她对我的改造是艺术的，尽管常常有下手较重的时刻。

茉莉的新书，是她对生活、孩子、工作、朋友的碎碎念，没什么大道理，但是，这些字一定会温暖你，我保证。

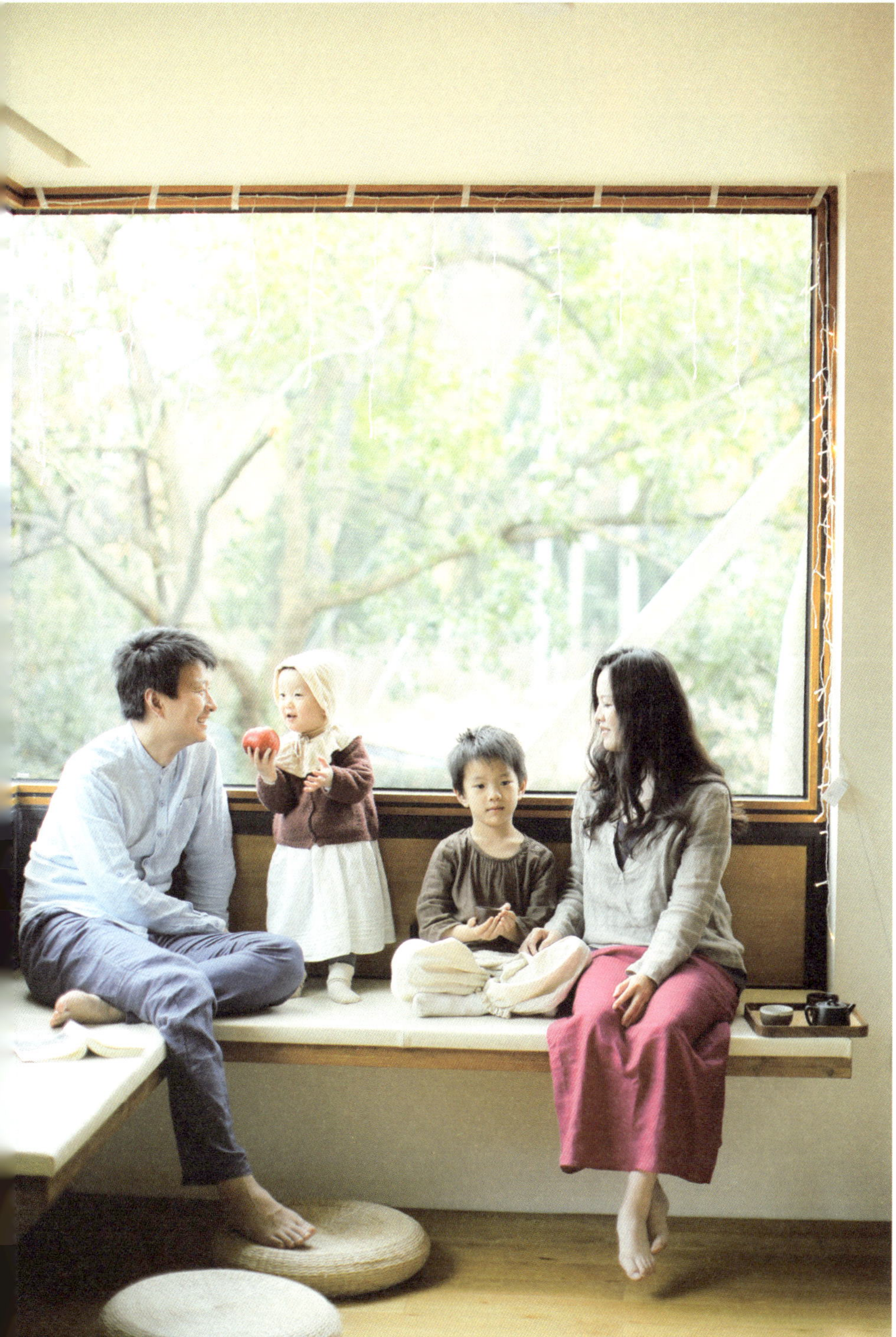

目录　　　CONTENTS

序：普通的故事，亲爱的生活　　　三儿　Ⅰ

亲爱的 Life
生活

愿你能拥有智慧的品格	12
成为可以鼓励他人的人	16
放下手边事，坐下来读读书	21
家的样子，你的样子	25
我想为你泡杯茶	30
一切很美，我们一起向前	35
只愿在时间中慢慢成为温柔又坚定的人	38
做正确的选择，找回你的好运气吧	44
我要对自己有足够的热情	47
生活只有一个目标，就是爱	50

* 生日小文

亲爱的 ^Work

工作

我爱工作	64
我爱学习	67
将一株植物穿在身上	71
做衣服	76
小的，美的，慢的	79
匠心	84
索性就随性而为，勇敢地往前走吧	90
坚持与放弃	93
勤能补拙	97
想要沉迷于生活，也请先努力工作吧	100

衣服的故事

目录 CONTENTS

亲爱的小孩 Kids

亲爱的小孩，欢迎你来 　　　　　　114

生活里细碎温暖的光 　　　　　　121

我愿你幸福 　　　　　　125

你陪不陪我变老没关系 　　　　　　129

要不要和孩子定规矩 　　　　　　134

持续学习如何做一个好妈妈 　　　　　　138

给孩子很多很多爱，无论以什么样的方式 　　　　　　142

和孩子一起去旅行 　　　　　　145

此刻，我心里的柔软 　　　　　　151

亲爱的 ^Meet

遇见

我的父亲	166
我的兰州	171
好想抱抱她	176
似是故人来	180
芸芸和小曼	185
老村长	189
胡因梦	193
冯海	199

* 姐姐的信

亲爱的生活

第一部分

PART 1

> 早晨起来我看到客厅的秋光,看到年老的母亲,看到孩子有点调皮,我感受到日常生活蕴含的价值,无论是物质还是心态,我们都经营良好,这一切看似简单,却是我们外在努力与内心修习的结果。这些日常在宏大的历史与漫长的生活中如同微弱的烛光,我双手掬捧,不愿它消失,所以如果它能够被记录,这将是一份贵重的厚礼,就像日本作家写的那部小说《小日子》,时间会给予日常桂冠,十分建议你将你的才华尽量多地脱离繁重的世俗构建,而放在这样的非物质财富的创作上。我最终想告诉你,无论未来别人如何视你的文字为拙,它都将是我温暖人生的铁证。
>
> ——三儿

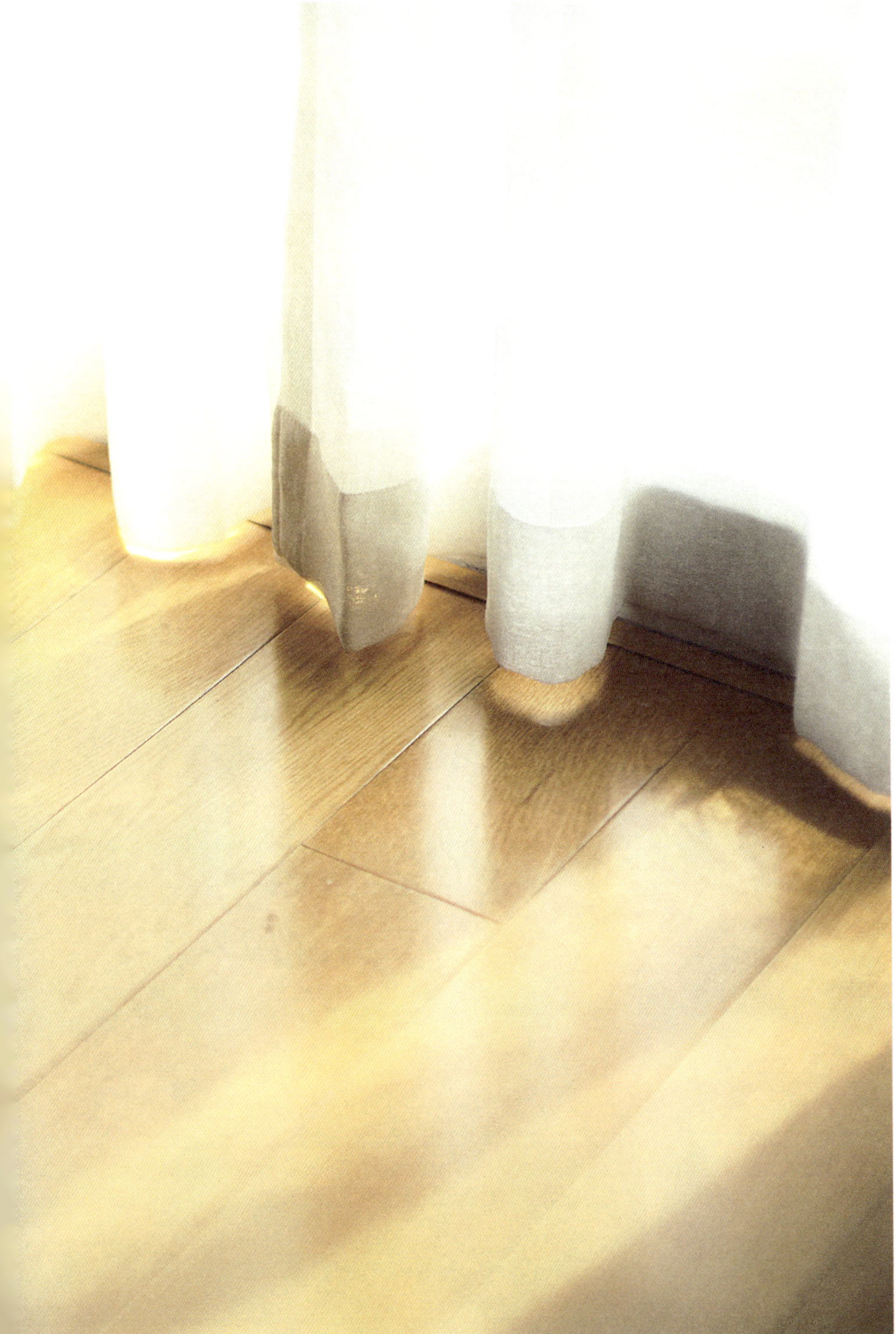

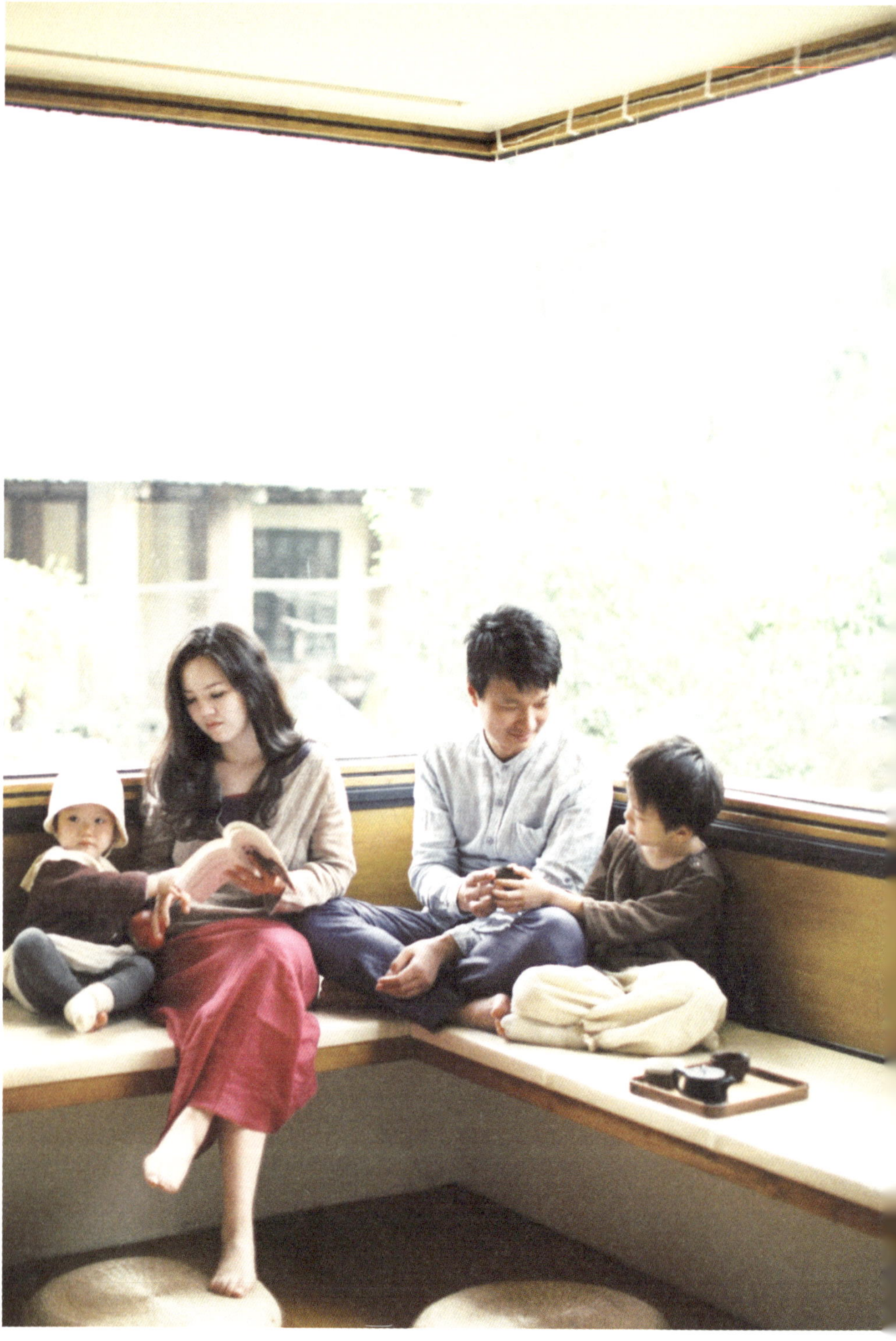

亲爱的 Life

生活

PART

1

亲爱的
生活

——

用细节把日子过成诗

书当然是每日读。
放下手边事，坐下来读读书。

我想为你泡杯茶，以珍重的心意。

亲手照顾的生活，有平实稳定的味道。

"即使是工作最密集,三餐顾不全时,我仍然每天坚持写一千字的文章。不是为了成为作家,只为安心。"

家的样子，就是你对待生活的样子。

人最爱迷路了，而旅行，或许可以让我们从别处找到那么一点儿面对未来的力量。

要想沉迷生活，请先努力工作吧。在你劳动不息的时候，
你确实爱了生命。再没有比专注更没有烦恼的。

生活只有一个目标,
就是爱。
亲爱的,生活。
"生活的平衡很重要,
我们需要一点知识、一点劳务、一点娱乐。"

愿你能拥有智慧的品格

工作之余,我翻了翻之前的微信,看到了三儿曾经给我的两段留言:

第一段:

早晨起来我看到客厅的秋光,看到年老的母亲,看到孩子有点调皮,我感受到日常生活蕴含的价值,无论是物质还是心态,我们都经营良好,这一切看似简单,却是我们外在努力与内心修习的结果。这些日常在宏大的历史与漫长的生活中如同微弱的烛光,我双手掬捧,不愿它消失,所以如果它能够被记录,这将是一份贵重的厚礼,就像日本作家写的那部小说《小日子》,时间会给予日常桂冠,十分建议你将你的才华尽量多地脱离繁重的世俗构建,而放在这样的非物质财富的创作上。我最终想告诉你,无论未来别人如何视你的文字为拙,它都将是我温暖人生的铁证。

第二段：

　　悦悦出生后我发现带孩子真是很花精力啊！要做好这事真是不比经营公司简单，非常辛苦且有挑战！现在你慢慢出月子，如何给自己定位，先思考一下对你会很有用。公司事务，花大精力去做，是一条路，我和公司也会很需要你、依赖你，但要意识到公司已经发展了，不再是小店，很多事情会繁重、持久、系统，比较辛苦，选择关键点，做最适合的事，好钢用在刀刃上，发挥自己最擅长的，持之以恒，以你之才华，定有非常的成就。其实就是建议你取舍、聚焦和定位，不做刀身，只做刀刃。女性有条件的一定要有自己的事业与个人空间，所以你的定位不妨好好思考，我也愿意帮助你一同探讨。有一点我是有信心的，无论你想做什么，你都是可以做好的。到时候你买个小车，带着宝贝们，让保姆帮你，再请个临时司机，多带孩子出去看看大自然，多上各种课。

　　当时我刚生下第二个孩子，正处在一边要照顾两个孩子一边非常想工作的纠结状态中。其实我更多的是想工作，但是三儿希望我能暂时把主要精力放在照顾家庭上。回想了下，当看到三儿发给我的这些话时我虽然有被触动，但心里也觉得，或许这是他不让我工作的另一种说辞呢？

可是现在看起来，我除了满满的感动就是对三儿的服气。现在我的确买了个小车，的确常带着孩子们外出旅行，也的确开始上各种课提升自我。为了TEDx的演讲我上了演讲课，为能多看点书我上了快速阅读课，为了能让这本书不再拖稿周末还上了写作课。最关键的是在工作上，我把重心转移到了产品设计上来，其他的都交给了小伙伴们，我不再为琐事焦头烂额，而且他们做得比我好多了！

这都是时间的馈赠。

当日感到为难和纠结的种种，现在看来全都云淡风轻，一切都按照理想的样子在进行。我当然有舍弃和退让，但唯有这样才可化解当时的不甘心和怨怼。有人说我是智慧的女人，其实我哪敢当，我只是去理解，去尝试改变和包容，也许还有一点牺牲的成分在，但回头看，我得到的远比失去的多。往前看，生活持续还会有挑战，愿我能微笑着面对一切。

在我看来，智慧是一种品格。智慧也有前提，那就是爱。即能够尝试理解和接受他人的观念和行为。当一切以"爱"为出发点时，可以让心清晰、清洁、质朴，可以看到事物本质，于人于己，能得到更多自由和空间。这条路漫长，愿我能拥有智慧的品格。智慧的女人有自己的坚持和分寸，有自己的进退得失观，内在形状完整且独立。

一部电影里，八十多岁仍然气质优雅的女主人公说：你看到的我永远都不会使自己陷入困境，能平衡各个角色，每次出场都闪闪发光，但你不知道我也曾是个为一件小事哭泣的人，幸运的是时间赠予了我——你看到的美。

所以你看，时间并不是多么令人讨厌的家伙，它拿走我们美好青春的同时也会馈赠我们另一种美，这是一种由智慧和爱而生出的美，这种美通过柔和的面貌和温暖的气质散发出来，就像经历春夏好好生长的果实到了秋天，会被秋染上好看的颜色、赋予好闻的味道一样。

日复一日，年复一年，看着四季交替，看着自己成为不一样的自己。愿你我都能在秋天到来的时候，像那树上的果子一样，有了成熟的香气。

成为可以鼓励他人的人

有一年的夏天,我去上海听了李欣频老师的"旅行创意讲堂"。看过她的书,佩服她的同时也很好奇她怎么有那么多用不完的精力和时间呢?阅读,写书,旅行,拍电影,给年轻人讲课,一天读一本书,跑遍了世界上五十多个国家,还写了三十多本畅销书,简直太棒了!

我带着这样的好奇去听了那场夏天的演讲,即便过去这么多年,它还经常在我的记忆里忽然闪现出来。李欣频老师用两天的时间讲述了如何用音乐启发创意、如何用旅行幻想生活,还分享了许多电影、书籍和激发创意的新方式。那堂课的具体内容现今早已模糊,唯一清清楚楚记得的是,在快要结束时李欣频老师放了一首动人的歌 *You Raise Me Up* ——

There is no life - no life without its hunger;
没有一个生命不是渴求的;

Each restless heart beats so imperfectly；
驿动的心不安地跳动着；

But when you come and I am filled with wonder，
但是当你来临的时候，我充满了惊喜，

Sometimes, I think I glimpse eternity.
有时候，我觉得我看到了永恒。

You raise me up, so I can stand on mountains；
你鼓舞了我，所以我能站在群山顶端；

You raise me up, to walk on stormy seas；
你鼓舞了我，让我能走过狂风暴雨的海；

I am strong, when I am on your shoulders；
当我靠在你的肩上时，我是坚强的；

You raise me up… To more than I can be．
你鼓舞了我……让我能超越自己。

我记住了这样一句话，如果没有人鼓励你，你也要不断地鼓励自己、超越自己，然后成为可以鼓励他人的人。

很有感触，在过去这些年里，三儿就在我的身边不断鼓励我，后来我收到过一封信，才发现被鼓励过的我原来在不知不觉间也鼓励到了别人——

　　很久了。

我不知道该怎么说，只能用这三个字来表述。

刚开始看到"十分钟年华不老"，茉莉还在北京。我每天都来看，即便不上新，打开店铺页面听着歌也好。看他们的报道、茉莉的碎碎念、姚少的点评。每件新衣服的描述也别具一格，说它别具一格，只是茉莉他们比别家店铺多了一点执着，一点真诚，一点贴心，少了点浮躁和铜臭味。

早年在茉莉家买衣服，还能挑些宽松的穿穿，后来身上的肉一年年增多，在茉莉家买不到适合我穿的衣服了，但有事没事我还会来看看，看看新衣服，看看评论，看看大家发的图片，很美好。

最感动的是，我在"茉莉后花园"发了一篇帖子，跟大家讲了我的生活，当时的离婚确实是让我很苦恼，没想到很惊喜，茉莉给我女儿邮来一只小老虎，记得那年是虎年；还给我写了一张字条，很温馨，特别激励我。

六年了吗？我的大女儿已经七岁了。

现在我的生活，很丰满，很甜蜜。带着我的女儿，我找到了我的现任爱人，他很好，虽然比我小两岁，但他很疼我，也爱孩子，为了我们，他辞去了在中铁的工作，回来我这里，在住建局做了一名职员，虽然薪水不多，但我们一家非常幸福。

2012年9月，我们的二女儿诞生了，到现在一岁九个月，虽然平时带孩子、处理生活琐事也难免有烦心的时候，但是爱能瓦解所有不愉快。走到现在才明白美好的生活是怎样的，才知道被爱人疼爱是怎样的，才知道一家人一起生活才是美好的，不能分开。

说了很多，感谢茉莉，在我最低谷的时候给了我莫大的鼓励，希望你继续你的风格，给大家带来更多的快乐。

祝福。

这封信的最后还附上了她女儿抱着我当时寄的小老虎的照片，看到这些细节真的好感动，感动于这份记挂和情谊。同时，这封信对于我，何尝不是一种鼓励，鼓励我：持续做一个温暖的人吧，持续带着真心和爱去爱我遇见的人。

我们彼此都要成为可以鼓励他人的人，我给了你鼓励，同时你也给了我正向的力量。能够给他人带来正向力量，是一种很深沉的幸福。其实我们每个人都是一个小太阳，再平凡的一个人也能产生属于他的温暖。我们的存在会在不知不觉中成为照亮他人生命的那道光，温柔的话语也好，简单的鼓励也好，或者仅仅以美好的姿态出现过，一句话未曾说，也会成为某个人生命中极为珍贵的一束光。

愿你我人生路上，时时处处都有一道温暖智慧光，温暖如海洋。

放下手边事,坐下来读读书

阳光正好的下午,我坐在书房翻看了两本书,一本叫作《如何有效阅读一本书》,一本是《儿童健康讲记》。

第一本的内容是很实用的笔记读书法,不知道现在有多少人还在边读书边做笔记呢?"书当然是每日读。看到喜欢的章节,就会手抄下来,这样做,就好像从血肉上与文字亲近了。"我想养成这样的好习惯。不能手抄,也至少可以建电子档。现在做笔记用的手机 App 那么多,可以在"印象笔记"里建一个读书笔记的分类,然后按照书里教的方法用更快捷的方式整理看过的每一本书,好像按照书里说的专门准备一个笔记本随时手写笔记也不太可能了。但是不管用什么方式,养成好习惯总是受益无穷的。

我就在"印象笔记"里建好了这样的读书笔记分类,然后就接着来看第二本书了。《儿童健康讲记》讲的是一个中医眼中的儿童健康、心理与教育。那时候悦悦刚好有点受凉、感冒,本来想给她做一下艾灸的,就翻到书中讲艾灸的这部分专门看了看,还挺实用的。

我很爱买书,每隔一段时间都要买一堆书,但看书的速度远不如买书的速度,以至于现在扫一眼书架都会有种"怎么这么多书还没看"的紧迫感。

时间被打成碎片,书也是这本看一点儿那本看一点儿,不过想到现在有些人压根儿连书都不买了,心里还真是有点难过。时间总是有限,我愿意把时间花在看书上而不是花在追电视剧或者打游戏上。

我很想有一个舒服的角落可以安安静静地看书,有一个中意的椅子或者沙发,一侧立着一盏暖色的阅读灯,闲暇的时候就坐在那里看书,那是属于我的美好时光。

我想如果时常出现我安静享受地看着书的画面,也会带给孩子们温暖的记忆和正面的引导吧。

记得有本育儿书里说的就是妈妈很爱看书,然后她就把地下室变成了一个小图书馆,孩子们耳濡目染也爱上了看书,放学回来第一件事就是跑去地下室的图书馆里选自己喜欢的书看,从而养成了爱读书的好习惯。

可是你有没有发现,现在我们给孩子的影响,更多的是影响着孩子也爱上了玩手机。潜移默化的影响真的很重要，我希望我给孩子的影响是正向的。我跟三儿说起这段，他立马兴奋地说，对啊，我们应该把放置杂物的地下室弄成一个图书室啊！被他这么一提醒，我一下子想象到未来的样子，想象着下班后或是周末，一家人在里面各自看着喜欢的书，真是太棒了！瞧，很多时候，并不是我们过不成自己想要的生活，而是我们没有去想、去做。

这一年一开始就很忙，除了工作上的事情，还要陪孩子们，要带嘉嘉上兴趣班，还要健身，虽然每天都很想安稳平静地送走日暮黄昏，但现实是，总被那么多应该做的事情所追赶着，慌乱而忙碌地度过每一天。时间有限是阅读上最大的遗憾，有时候一本书还未看完就被打断了，那本书竟然就再也没有机会看完了。

几个月前我专门去学了一门快速阅读的课程，完全颠覆了我以往的阅读理念，后来也意识到，这样的阅读方式就是在这个快速的时代，为了避免我们根本没时间完完全全看完一本书而产生的。

我就用这样的方式读了一些书，非常快速，也会用思维导图来做读书笔记。这样做，看书的效率比以前提高了不少，但是在暖黄色灯光下轻松阅读的美好体验也比从前少了很多。其实，每个人都有自己的看书方式和习惯，能在你喜欢的书里有所收获就够了，不管是什么样的阅读方式，把读书当成一种习惯坚持下来，才是最重要的。

我喜欢的蔡颖卿老师说：阅读对我来说，完全是生活需要，它存在于我的生活中，书中的话语不是为我提供知识，而是帮助我稳定自己。

在日常生活中给自己一点安静的阅读时间，有助于抵挡生活中的不安，无形中可以得到安定生命的力量。

每天找个时间，放下手边的事，去读一本书吧。

家的样子，你的样子

今天阳光很好，它从窗台上照射过来的时候，新的一天又开始了。

在今天之前，我们的窗台上都是看不到阳光的，一堆衣物乱乱地堆在那里，挡住了阳光。其实我是个挺懒的人，从小也没培养起一个爱收拾爱整洁的好习惯，都是遇到什么重要的事情了，或者想要重新开始了，一鼓作气狠狠打扫一下。

我记得当年一个人在成都的时候，有天三儿从北京来看我，我上着班发短信问他在做啥，他说，我在帮你打扫房间。回到家，看到他把我噪音很大的电脑主机移到了阳台上，帮我把家具重新摆放了位置。他说，这样你就舒服点了。再后来我们一直都是租房子住，我心情好的时候会打扫房间，以前房间小，也容不得太乱，三儿也常收拾。

现在住在公婆家里,他们是我见过最勤快最爱干净的人,把房间每个角落都收拾得一尘不染。因为有点不好意思老让公公婆婆收拾我们的房间,我就说,我自己来吧。我和三儿为了方便,把常穿的衣服都放在窗台上,结果衣服越来越多,越堆越高。对于有洁癖的公公婆婆来说,能容忍我也确实是很不容易了,这得有多大的包容心啊!我也一直嬉皮笑脸地给自己找借口说,等我有了自己的家一定把它收拾得好好的,我公公婆婆却异口同声地说:不信!

当我坐在房间里看到窗台上堆满的高高的衣服时,突然觉得自己太失职了,一点儿也不像个好妻子、好媳妇儿,就一鼓作气把房间彻底打扫了一遍,把窗台上的衣服一件件叠好放到该放的位置,还整理出了好多要捐出去的衣服。忙到晚上终于打扫好了,三儿惊讶地说,这么整齐呀。公公婆婆看到后也笑着说,这才是一个房间该有的样子嘛!

早上看到窗台上照射过来的阳光时心里暖暖的。太长时间被衣服遮挡住了阳光,就像心里放久了的烦心事一样,久到它会让你看不见开心的事。收拾杂物,把那些不开心也统统清理掉吧,别让尘埃遮挡了阳光。

这是我几年前写的一篇文字,那时我还是完全不做家务的懒媳妇儿呢,不过从公公婆婆家搬出来拥有了自己的家后,我便慢慢地做起女主人，开始学习如何布置一个家、整理一间房。于是就有了下面的一篇文字——

想起小时候家里每年年底旷日持久的大扫除我都心有戚戚焉，倒不是因为从房间的小柜子到吊灯到窗帘到每一扇窗户玻璃都需要擦拭干净有多累人，而是伴随着大扫除，父母总会没完没了地争吵。关于打扫卫生，就是这样灰暗的印象。我其实蛮懒的，平常不懂得收拾归置，都是要等到重要的日子才一气呵成从头打扫一遍，像个仪式似的，打扫完就觉得新生一般。

我的宗旨就是，想整理或者想打扫卫生了就一次做彻底，但凡犯懒了或不想干了，绝对不为难自己。这不，看完近藤麻理惠的新书《每天怦然心动的整理魔法》，就兴致勃勃地先整理起书柜来了。

把所有的书都拿出来放在桌子上，每一本都拿起来看看是不是会让你怦然心动，如果并没有，你也不用想着先留着，将来一定会找个时间看的，而是直接把它们整理出来，不要放在书柜上占地方，因为你肯定不会看它们了！

我就按这个方法整理出来几箱书，一箱寄给了兰州的朋友，一箱捐给了朋友的咖啡馆，还有一些放在书柜特别的一档里，打算陆续送给大家。现在我的书柜里都是我喜欢的或者很想看的书，在某个洒着阳光的午后，随手选一本爱的书窝在书房的沙发里慢慢地翻阅它，想想都是非常惬意的。

现在的我，已经时常会做一些"断舍离"和整理了，家里因此变得越来越干净、舒适，在这个过程中我也积累了很多经验。我还很喜欢看整理类的书，比如简单快速叠衣服的方法啦，如何给物件归类啦，如何放置会使得房间整洁啦，说到这里也想要分享几本帮了我大忙的整理术方面的书籍给你们：

《极简生活》——当一个人内心简洁了，外部的生活便会自然而然简洁起来；

《家的样子，你的样子》——家的样子，就是你对待生活的样子；

《每天怦然心动的整理魔法》——整理物品，整理人生；

《断舍离》——可以买回来反复阅读、常读常新的整理"圣经"。

学习得越多，反思得越多，就越发现做家务不仅仅是把家里收拾干净这么简单，它也是一门了不起的艺术，同时也是悄无声息治愈人心的方式。

就好比，安安静静去叠一件衣服能使人静下心来。我喜欢穿天然材质的衣服，亚麻类的居多，这种面料因为它的全天然材质而舒适、妥帖、自然，每当我双手触碰到这种面料的衣服时真的会感到宁静，一叠一折，内心也油然生出平和之喜悦。

当然啦，打造一个美好、干净、舒服的家，学会整理和收纳，也并非只看这几本书就能一蹴而就，是需要下很大决心养成习惯的，即便学习再多整理的技巧，养不成习惯也等于做了无用功。当有意识地把习惯养成后，让家变成温暖舒服的模样就不难了，一切都是自然发生。其实，收拾家和管理工作一样：需要日复一日的坚持和清理。家的样子，就是你对待生活的样子。

我想为你泡杯茶

此刻在北京,心心念念想着抽个空去找我的茶道老师,想让她带着我买个玉镯,想让她带我买把心仪的壶,还想让她带我去逛逛"无用",也想再喝一壶老师泡的茶。

说起和老师的缘分,是在一年前,当时苏州的本色美术馆有一场茶会,我的一位好朋友从北京来参加茶会,我去看她的时候第一次知道"影梅茶家",她们和别的茶人不同,别的茶人的席位只要有座位你带个杯子坐过去直接喝茶就好了,"影梅茶家"却有着很大的单独的空间,而且不能随便进入,需要提前预约。那天我朋友穿了一件青色的亚麻长袍,很好看。那也是我第一次见身边的人穿"无用"的衣服,"无用"创始人马可,是我尊敬的服装设计师,我爱她尊重手工、尊重自然的理念。

这两点当时都让我对"影梅茶家"印象深刻,在今年刚结束的本色美术馆的茶会上,"影梅茶家"在一个完全密闭的剧场里又做了一场特别棒的茶会，只用了二十四根竹子就布置好了五百平方米的剧场空间。

当我无意中看到本色美术馆要开"影梅茶家"的茶道课并且是李老师亲自授课时，就毫不犹豫地报了名。

其实我完全不懂茶，以前一直觉得在某些地方见过的，小姑娘在泡茶时花里胡哨的一套程式就是茶道了，其实，那是带着表演性质的茶艺，而"影梅茶家"的茶道融合了书法、太极和古琴等中国传统艺术，所以茶道即是行茶，泡一杯有温度的茶汤，是借茶修行。

三天的茶道课每天都有很多收获，从了解茶道美学到茶席设计理念，再到茶空间的设计；从茶性和茶器的辨识到茶品的认知和保存，再到了解茶器与茶品之间的关系；从如何知道一壶水沸到了解行茶之序，再到熟悉茶道第一步心法，还见识了老师每一件都有故事都是收藏级别的茶道具……真是收获满满。重要的不仅在于老师教授的这些"术"，而是在于老师每天亲口传授的"道"！

老师说话声音很轻柔，话也不多，但每句话都掷地有声，而且她可以通过茶看懂每一个人。

第一天上课时我有个微小的动作被老师察觉了——我为了让我旁边的同学更方便一点，递茶盅给她时很用力地想要茶盅离她更近一点，但对我来说，这并不是最舒服的姿势。不知道是不是这个细节的原因，老师对我说：你不要太用力，你尽力就好；你也不用要求别人都喜欢你，你喜欢自己就好。

我当时真的有点惊讶，老师是怎么知道的啊，句句说的都是我啊。

老师的第一杯茶是倒给自己的，她身体前倾，凝神静气，茶汤缓缓地流入杯中，她说，茶道是倒茶，先学会恭敬自己，珍爱自己。是啊，你对自己不恭敬怎么能对别人恭敬，要先学会爱自己才可能爱别人。

老师对待一壶茶、一件好的器皿，甚至一枝花都充满了敬畏之心，她说，中国人的哲学是：万物皆有灵性。人生最大的智慧是学会等待：等一壶水沸，等一朵花开，等一个人来……

可能我们几位同学都比较感性吧，课上时常有人悄悄抹眼泪。这仅仅是一堂茶道课吗？它更像是一堂人生的课，老师只不过是以茶来修行罢了。

我说，我不懂茶，这些茶好是好，但以后我会不会还是喝不出来哪些是好茶哪些是不好的茶呀？老师说，你喝过了好茶就知道什么是不好的了，就像你本来在山下和已经去过山顶看过最美的风景再回到山下是不一样的。

去京都的时候见过京都的茶道，回来查了关于日本茶道的文章，里面有一个词触动到了我：一期一会（いちごいちえ）。人的一生之中可能只能够和对方见一次面，因而要以最好的方式对待对方，必须以珍重的心意。世上的相遇何止人与人呢？我手中的茶器，喝到身体里的古老的茶，都是遇，也许也是一种久别后的重逢。

当我按照老师教的梅派行茶之序去练习泡茶时，真的体会到了茶道的魅力。

还有，我喜欢老师夸我泡茶时的样子舒服好看。同一壶茶每个同学泡出来的茶汤都不一样，老师能从每个人泡的茶里知道谁身体上火了，谁心慌气躁了，谁的茶汤咸了，谁的茶汤喝了嗓子会疼，因为我是最后一个，我很期待又很忐忑我泡出来的茶汤的味道。

我在泡茶前看着眼前壶里的茶，心里默默感恩，这样珍贵的茶喝一次世上就少一些，定下心来后慢慢地冲泡了眼前这壶茶，老师说我泡茶时的样子很美，好像上辈子跟她学过似的，她赞赏地说，你们喝一下茉莉的这杯茶，很不同，我自己喝到了甘甜的味道，很想要流泪。

这种感动来自于生命的美好,感恩一杯茶,感恩早晨在去上茶课的路上透过树叶落下来的斑驳的阳光,感恩所有的遇见。

亲爱的,我想为你泡杯茶。

一切很美,我们一起向前

有一年的端午节前后,三儿不小心闪了一下腰,引发了腰椎间盘突出的旧疾。他卧床的那段日子,我特别想做个好妻子、好主妇,今天炒两个菜,明早做个三明治早餐什么的,看着三儿喜欢吃的样子觉得生活还是有点油烟味的好。要知道这些年来,一日三餐都是公公婆婆做好了,我是等着吃的那一个。

三儿发了一条朋友圈说:吃了睡,睡醒看书,看困睡,睡了吃,周而复始。这种日子什么感受你们猜?

猜什么猜,我们都是坐过月子的英雄母亲好吗?!他还能看书、看电影,我们不能看;不仅不能看,还得应付伤口痛呀,初母乳时的皲裂呀,奶结呀,乳腺炎什么的,然后就这么干躺着得躺一个月。

说实话他刚倒下的时候我们一家人都有些幸灾乐祸(尤其是我),他对待生病的态度一向都是坦然面对,一副没什么大不了的样子。

记得我在月子里因为乳腺炎发烧到四十度的时候他也只是拍了拍我的肩膀说，会好的，加油，然后转身就走了。

也记得嘉嘉第一次出国，我们正打算吃饭的时候嘉嘉开始大哭，我抱着嘉嘉一路狂奔回到房间，然后他不紧不慢地把我们三个人的餐吃得干干净净才慢悠悠地走回来。

都说不要惹坐月子的人，三儿说我可能会把乳腺炎发烧他没管我这事说一辈子，哈哈，谁知道呢，反正他生病之后我倒是狠狠地拍了好几次他的肩膀说：加油！

其实我也理解三儿，这就是他的方式，他觉得病反正会好的，没必要过多地担忧，但生病的人都需要被关心啊，这次生病就是让他学会体悟他人疾苦，这也是他说的，"过度的独立会孤傲，鲁莽的毅力就是高高在上。所谓圆融、融合、加入利他的团队，第一步恐怕就是体会与理解他人的感受"。

真的是这样，在躺着的那些天里，他一直在思考之前胡因梦老师对我们说的话，对于三儿来说，接下来的课题是打通与母亲的联结，不再孤立、苛刻、冷漠，学会宽容、同情与柔弱，去建立深刻的亲密关系，融入利他的团队与事业中去。

所以说，生病也是有收获的，平常哪有这么长的时间可以躺着？更别说主动去思考。现在好了，躺着躺着就把好多问题都想明白了。都需要时间，也都是个过程。

有些话我和三儿说过，但他未必听进去了。当然，这些年来他也跟我说了很多，我有时全盘接受，有时也反感。不过一起走了这么些年，走到今天觉得我们又进入了新的阶段。

我写不出像他在我生日时写的那样煽情的"豆腐块"，但我真的很感谢这些年来他的陪伴。而在这个开始奔向"知天命"的年纪里，我们更懂得珍惜彼此，亲密关系也进入到了新的阶段，甚至开始对对方重新有了新鲜和好奇的感觉，那么接下来的旅途，继续一起走吧。

一切很美，我们一起向前。

只愿在时间中慢慢成为温柔又坚定的人

"亲密关系：通往灵魂的桥梁。"——这句话不是我说的，是克里斯多福·孟一本书的书名。

这本书对我帮助很大，我很早之前就买了，但直到意识到我需要学习亲密关系时我才打开它。

大概是在我怀孕四五个月的时候，我的状态变得不太好，因为怀孕每天待在家里无所事事，什么都做不了，唯一让我开心的就是工作，但是三儿并不愿意我工作，他觉得管理要有一致性；并且每个人都有自己的想法，当我们两个人的想法不同时就难免会有争执，他想让我听他的，而我想坚持我的，谁也说服不了对方。

三儿是个特别简单的人，说白了就是情商很低，低到他并不认为我是一个孕妇就该稍微迁就我点儿，再加上可能怀孕之后有点敏感吧，我挺着大肚子的时候常常委屈地哭。记得有一次我们开主管会议，三儿还在两个同事面前批评我，当时在会议室，我忍不住委屈地哭了起来，还得压抑着哭声不能让外边的员工听见，那次特别伤心。

我们公司的顾问顾老师知道这个情况后专门打电话安慰我说，他们都觉得是三儿有点儿过激了，但是现在好像谁说他都听不进去。我说，三儿就是特别自我，可能真的要等到他过了这一个阶段才能好。为了避免公司事务上的分歧带来的冲突，我尝试做了一些改变，之后我就不怎么过问公司的事情了，开始真正退出工作。

而这个时候，三儿每天都很忙，回家之后我们的沟通也变得少了，我们俩好像进入了一种胶着的状态，不吵架但也不怎么说话，也并非冷战，就是那种怎么都不得劲儿的感觉。

每段亲密关系都会遇到困难，而每个问题的背后，都伴随着某种情绪的伤痛。就是这种伤痛，导致争吵、批评或者相互指责。我以为我不再频繁去公司、慢慢退出工作是做了妥协，但其实妥协并不能完全满足任何一方，因为两个人都觉得没有得到自己真正想要的。另外更严重的是，我们都没有弄清楚问题产生的根本原因。就是这个时候，我开始看这本书。

书上说，其实我们每个人自我局限的信念，都来自过去的创伤，过去的创伤并不会随时间逝去。

我仔细去思考这句话，发现我之所以对三儿生气是因为我讨厌他对我的冷淡，也许他是因为忙或者别的什么原因，但这样的冷淡特别容易激怒我，让我深陷在很坏的情绪里，因为我是那种即使再被激怒也不会发脾气爆发出来的人。

我开始认真地审视自己的内心，我发现我的不开心往往是因为感觉自己被忽略，而这种被忽略感是我小时候就有的。我仿佛看到有个小女孩放学回家叽叽喳喳地讲着学校里发生的事情却根本没人听也没有人回应，让我觉得自己没有存在的价值和意义。我渴望被关注，渴望能有亲密的互动，渴望能被爱，这些都是我沉睡多年的需求。

当我意识到这点的时候我突然就不怪三儿了，我觉得这是我自己的问题，是我对他有暗含的期待，"期望就是通往地狱之路，因为期望会把接受和让人自由等充满爱意的感觉挡在门外，如果我不能接受别人现在的样子，或不让他们自由地走自己的路，那么我就不是真的爱他们。我只是想从他们身上得到满足，与他们建立亲密关系的目的并不是为了爱，而是为了满足我小小的自私需求"。只要有期待就一定有失望，当我把期待放下来的时候，我也开始关心三儿的感受。

有一天，我很认真地和他说，我们谈一谈吧。

这在我们相处的这些年中是很少见的，从刚认识他时对他语言的迷恋到后来觉得那些语言变成了说教，我已经完全放弃了和他去辩论一件事情的兴趣，我知道根本说不过他。后来我们真的认真聊了聊，我表达了我的真实感受，还有我的歉意，对，没错，我跟他说了抱歉，因为是我把我童年的痛投射在了他身上。

那天我们做了个非常棒的沟通，他知道了我的感受和需求，也特别地去照顾我这点，他用爱回应了我的感受。所以说，三儿还是一个不错的亲密关系的伙伴，那次谈话之后我们之前的心结就都打开了。

不知道看到这里你有什么想法，有没有想到自己在亲密关系中的需求？而你的需求是不是童年未被满足的痛呢？那又如何通过一个有效的沟通来帮助解决这些问题呢？我摘抄书中的一段话和大家分享一下——有效沟通的八个问题：

1. 我想要什么？
2. 哪些误会是需要澄清的？
3. 我所表达的情绪哪些是真实的？
4. 伴侣的情绪是不是似曾相识？
5. 这种情绪是怎么来的？
6. 我该怎么回应这种情绪？

7. 情绪背后有哪些感觉?

8. 我能不能用爱来回应这种感觉?

后来,我们彼此都做了一些改变,还不错。当然,我们还是会有一些工作上的分歧,但生活中基本没什么矛盾。

前阵子,我和三儿闲聊,三儿问起我做的一件事情,他说,你就是太随性了,没有系统性。我说,我没觉得自己有什么问题啊,反倒是你,你看你那个事情做得如何如何,接着开始举例说明。

说完我们两个人都沉默了一会儿,他说,你的方式我不太喜欢。我跟他说,你反观一下你对我说的第一句话是不是带着批判,抱歉的是我把这种批判又返回给了你。他回复我说,对不起,刚才是我太粗鲁了。

在亲密关系中,心的觉知和调整很重要,自己不开心是因为什么,两个人不开心又因为什么。现在我们开始学会去做一些反省与内观,如果有问题,可能很快就过去了。

现在,我们的亲密关系经营得很好。在某一年的总结会上,三儿第一个发言,他说:过去的一年,我在处理和公司的重要资源,也就是我的合伙人茉莉的关系上表现得不尽成熟,也有过多的主观判断,希望在新的一年更多尊重她自己的内心渴望,支持她的选择,也相信她能平衡并发挥自己的能量。

听到三儿说的这些话,我的眼泪都要掉下来了,当时顾老师也在,她悄悄发微信跟我说,三儿成长了。我说,总算等到他过了那个阶段。顾老师说,这是你的功劳,温柔坚定的力量。

温柔坚定,我喜欢这个"词",这也是我在亲密关系中的改变和成长。

假如你的亲密关系也处在某种胶着状态,不妨及时审查一下亲密关系吧,瞧瞧通向灵魂的纽带出了什么问题,一般而言,亲密关系有五个阶段:

> 浪漫期:给彼此带来欢愉和生命的养料;
> 权利争夺期:发现异常,觉察,行动,接纳;
> 稳定期:平静而安全;
> 承诺期:就如深入扎根的植物;
> 共同创造期:真诚地合作,共同创造某种事业和美好生活。

你的亲密关系在哪个阶段呢?要不要现在就做些改变呀?

做正确的选择，找回你的好运气吧

有一次一个朋友很失意地跟我说：我的运气从来就没有好过！我问她：坏运气持续有多久了？她狠狠地说：至少十年了吧！我说：那不太可能吧，这从概率上都说不过去呀。过了会儿她叹了口气说：好吧，其实是这十年来我一次都没有做对过选择！

这倒是有可能。

当年我还在银行工作的时候每天下班后都很无聊，就开始自学平面设计，做了很多好看的图片。突然有一天，有位编辑看到了那些图片，然后找到我问：你会设计书吗？我隔着电脑屏幕壮着胆子说：会！然后真的着手设计起书来，这个时候我才发现网络上的图和印刷在书上的图完全不同。我当时连分辨率是什么都不懂，用什么软件做书也不知道。我就白天在银行上班，晚上回家连夜百度自学，常常为了搞清楚一个问题不知不觉就到了天亮。

后来我开始为饶雪漫做书籍设计，再后来我离开了雪漫去做衣服，创立了自己的服装品牌。

选择如此重要，人生每个阶段都有一些十字路口在等着你，你要一次次地决定到底要怎么走。以前我可能会说，顺从你自己的内心就好，可很多时候我们也并不清楚自己的内心。

其实从某种程度上说，我也是这种人。从成都的一家银行辞职到北京做"北漂"，当一切稳定的时候我们又从北京离开回到苏州，这些看起来很大的决定也并非出于我自己的主动选择，可以说我是一路被三儿"拐着"走来的。我就安慰自己说，虽然都是三儿在做主导，可也是要经过我的同意的呀，而我居然有这样一往无前的勇气！

前阵子姐姐告诉我，北京最后一个批发市场拆迁了，动物园服装批发市场更是早早就被撤出，而这些三儿在很多年前要离开北京时就都想到了。不是我夸他，走到今天我是发自内心地佩服他，你们知道我佩服他什么吗？我佩服他每做一个选择时，看的不是眼前而是很多年以后！

所以顺从内心，首先内心要足够清明，足够笃定。

或者也不妨倾听一下你信任的人的建议，有时候，并不是我们做的每个选择都一定是最适合自己的。如果没有人可以倾听，自己也真的不太确定，那到底要怎么选呢？

我告诉你，选相对难的那一个！因为当你从这个难的选择上真正走过来的时候，你会有非常多意想不到的收获；如果你一直选择那个看起来容易点的，就中了一个圈套，这个圈套不会带来好运气，可能会让你走很多冤枉路。

所以，做正确的选择，找回你的好运气吧！

我要对自己有足够的热情

感觉在网络上待久了，都要渐渐丧失在生活中和人交往的能力了。我变得越来越孤僻沉默，也不愿意过多地接触陌生人，常联络的也还是十多年前的那些老朋友，只是他们都和我生活在不同城市，有时候我会觉得孤单，又似乎没了热情去交往新朋友。

偶尔会因为一些课程或者交流遇见一些人，大家纷纷要求彼此加为好友，建立一个微信群。这个时候我都会有点不情愿，我希望我的朋友圈里的每个人都是认识的朋友，而不是看到头像连名字也叫不出来的人。

有一次去做一个分享，我抽空去卫生间，出来的时候有个女孩子拿了个本子在卫生间门口等我，她说她是我的粉丝，想请我签个名，我有点尴尬，也觉得受之有愧，很不好意思地匆匆写了个名字，谢了谢她。分享结束后又有很多人来加我的微信，这个女孩子也来了，扫完二维码后她一再跟我说，你一定要通过哦！晚上回来看到微信后台一堆没记住的人的好友验证消息，在里面找到了这个女孩，通过了她的加好友验证，我想还是不要辜负她的期待吧。

接下来就是长久的不再联络，直到有一天收到应该是她群发的消息，她说：快帮我去我的朋友圈第一条点个赞！我看了下是个集赞可以得到什么优惠的内容，我就帮她点了一下，然后，删除了好友。

这样做可能不太合适，她发现的时候应该会生我的气，也许会愤愤地说，原来我喜欢的茉莉是这样子的人。请原谅我在交友上的这种偏执。是的，我如果把谁当成朋友一定是毫无保留，我不希望彼此是对方通讯录里的一个永远不会联络的人。

看起来圈子越来越多，可我却好像变得越来越不够合群，我常常愿意沉默在人群之中，其实偶尔也会遇见喜欢的人，也会为认识新的投缘有趣的朋友而开心，但是也不太会主动地去接近对方，有的时候觉得有些问候不必要，有些事情会打扰，慢慢地就忘记了表达，慢慢地不再联系，变得越来越孤单。

这是我孕期情绪不太好的时候写的,现在回头看发现自己还挺矫情的,不过也理解当时的感受,接纳自己那个时候的状态。但现在更多的是看清楚了孤单背后本质的东西,发现当时这一切的情绪其实都是因为自己被太多顾虑和想法封闭住了内心,太多顾虑和想法的背后是害怕被否认,害怕被否认的背后其实是不自信。

后来我问自己,为什么我的生活一定要建立在别人的评判上呢?当我意识到了这点后就变得越来越坦然,无论如何,独处也罢,善于交际也好,我们都要对自己有足够的热情。

先接纳自己,好的不好的,嗯,这就是我,再去看看不好的那部分背后是什么,然后再去改变。

生活只有一个目标,就是爱

我有两个孩子,一个儿子,一个女儿。儿子叫嘉嘉,是哥哥;女儿叫悦悦,是妹妹。

有次我带着悦悦陪嘉嘉去上课,他一脸骄傲地向大家介绍他的妹妹,妹妹摔倒的时候他小心翼翼地把妹妹扶起来领着她走路,妹妹躺在推车里无聊的时候他唱儿歌给妹妹听。每次看到嘉嘉照顾悦悦时我都觉得好温暖,心也变得柔软极了。

这,就是爱吧。

有时觉得这些年我做的最好的事情就是生了这两个孩子。三儿笑着说:难道最好的事不是遇见我吗?很多人说我们把日子过成了一首诗,但事实上,在追求幸福的旅途中,要两人灵魂能共舞,这才是一场漫长的修行。

我在怀着悦悦的孕期里其实有过一阵短暂却很煎熬的抑郁期,每天无所事事,呆坐着默默流泪。突然有一天,我问自己到底是怎么了，这究竟又是怎么回事？就这样我开始去探索亲密关系，后来遇见了改变我和三儿人生的胡因梦老师。因为对生命重新有了认知，我们开始真正地互相体谅、互相包容，在这段亲密关系中共同成长和进步。如果说这漫长的人生修行是一趟遥远的旅途，那我们就是彼此唯一且不可缺少的同伴。

这，就是爱吧。

再说说"绽放"吧，她已经陪伴我快十年了。在这十年里竟然也有那么多的"绽友"一如既往地陪伴着我们。她从一个小店，到现在坚定地走在"温暖品牌"的旅途上。我用心做好每一件衣服，也会带"绽友"去旅行；还有"绽放亲子之旅"，带孩子们去看这个美好的世界。我们也成立了"绽放社群"，"绽友"自发组织的"绽放花园"（来自不同城市的"绽友"自己组建的同城群）在全国范围内壮大着，所有爱着"绽放"的朋友们都聚集在一起。有时候想想，这些缘分真的仅仅只是因为一件衣服吗？

或者，这也是因为爱吧。

看了一本关于幸福的书，边看边问自己，你幸福吗？答案是，我很幸福，因为我得到了太多的爱。我也很想有能力去爱更多的人。

终于明白，生活只有一个目标，就是爱。

亲爱的工作

第二部分

PART 2

> 人身上好像有一种天生的持久冲动,要以创办企业的形式表现藏在心底的热情,实现抱负。
>
> 企业家亦应受到颂扬,因为他们表现出人性中值得尊敬的执拗一面。
>
> 在企业家看来,无法做成某些事、无法生产出某些产品既不是正当的也不是必然的,只是说明人们有从众心理和缺乏想象力。不过这种情形也要求他们培养自己讲求实际的精神,领悟难以把握的金融和法律现实,同时对别人究竟是怎样的人有明确的认识。这一领域要求他们必须艰难地将想象力与现实态度结合在一起,虽然这不是一件简单的事情。
>
> ——阿兰·德波顿

> 在你劳动不息的时候,你确实爱了生命。
>
> ——纪伯伦

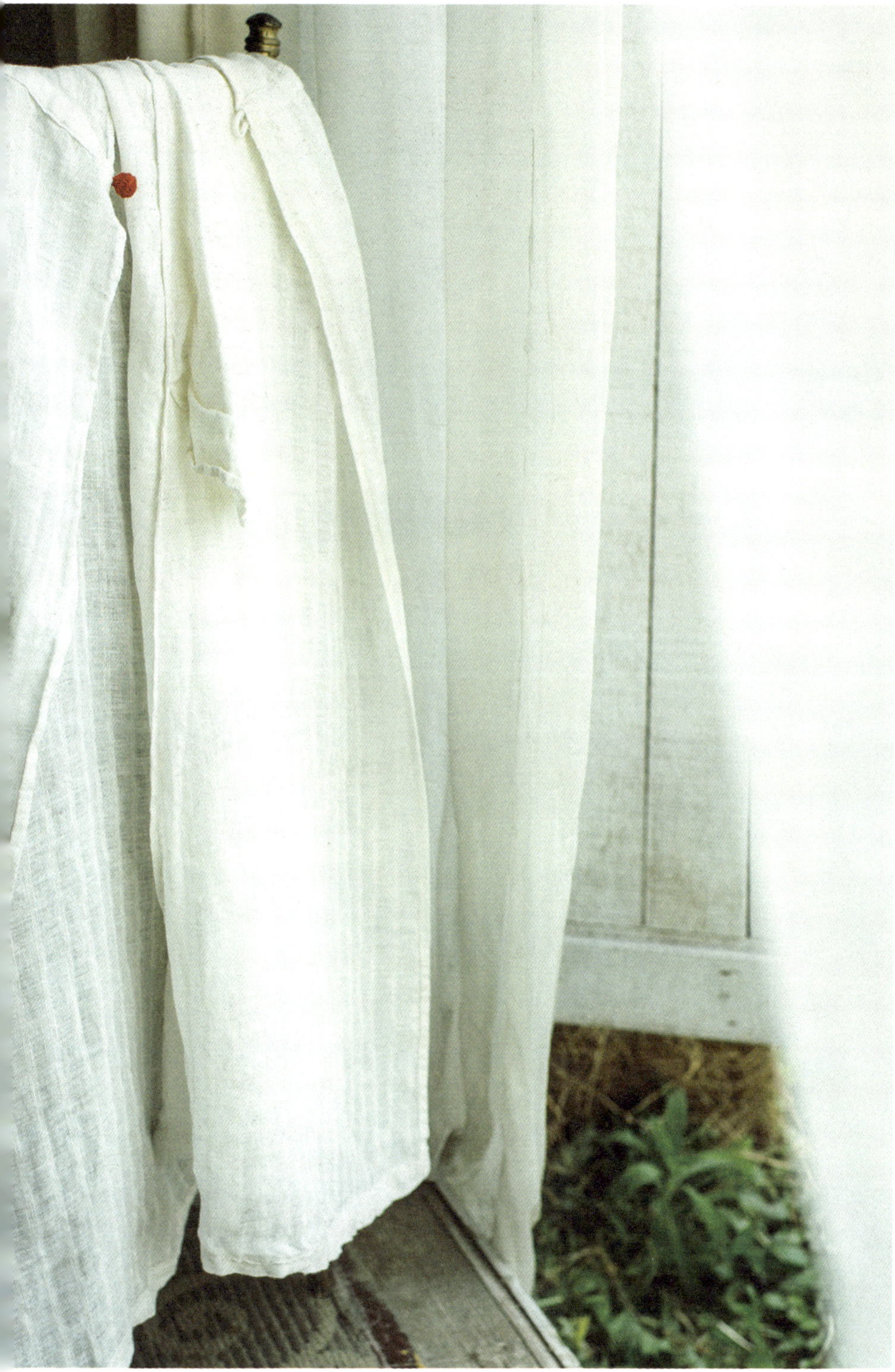

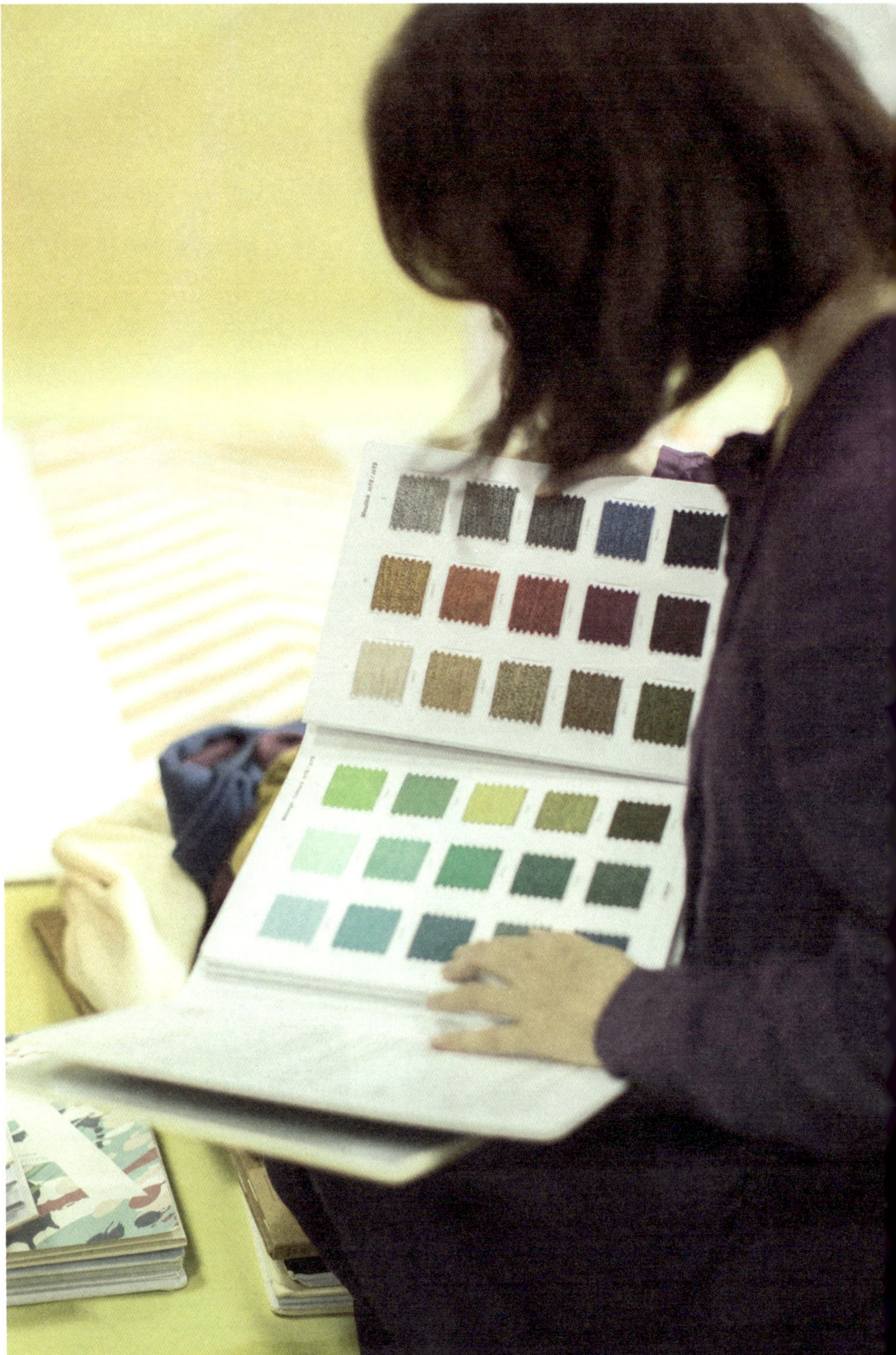

亲爱的 ^Work

工作

PART

2

如果一个人可以做他喜欢的事情,可以叫成功吧

亲爱的

工作

—

我爱工作,我喜欢工作着的感觉

你一直努力,你学习设计,很认真很有热情地去学习,你看最好的报纸,你买书看,你观察优秀的人,你一直在前进。

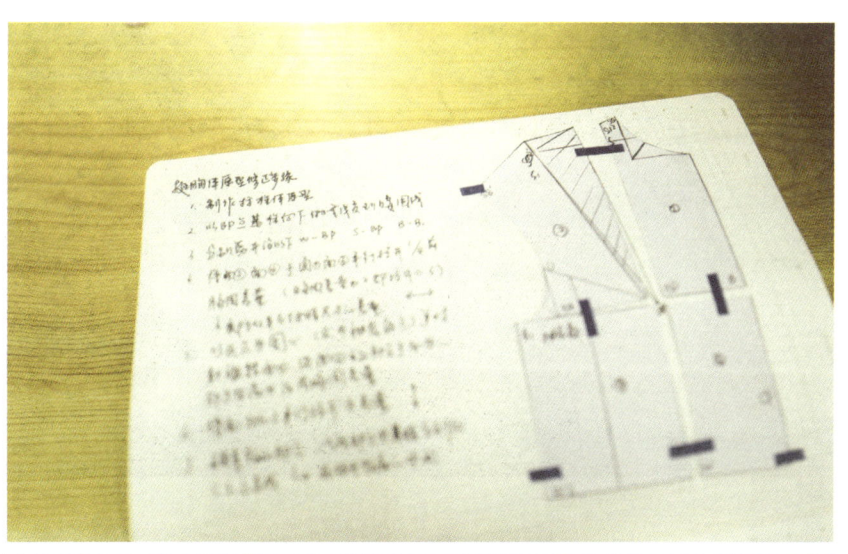

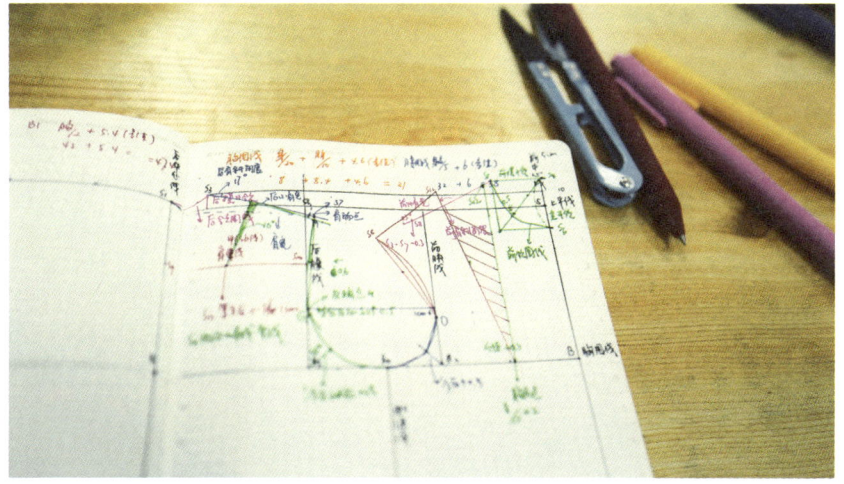

语言再美丽动听不过是语言，这些东西化为我们的
血肉，凝成我们的眼神，长成我们的思想才好。

你要问自己，你究竟是个什么样的女孩子，你有怎样的生活态度，你爱怎样的男人，想和他过怎样的生活。

人是有弱点的,
所以我们无法做到完美、做到处处都好,
但我们要努力,
努力永远是正确的态度。

其实我与你一样,这些可见的世界根本不是我内心的宫殿。我深深地追问自己,究竟为何而活,幸福究竟又是什么。

一切，都是我们生命的幻想，而在这幻想中，我们尽情去体验。去爱，去生活，去感受。

你将成为一个坚强、自信、富有魅力的女人。
生活的形态取决于态度，
不同的人生态度就是各自的生活，性格即命运。

我爱工作

夜里睡得很轻,凌晨的时候三儿悄悄起身我也会醒来,就听见他穿好衣服去书房工作了,一直到天亮。——这是我们新年开工第一天的夜里。

小伙伴们休完年假来上班,三儿在朋友圈问大家,上班第一天感觉如何呀?然后他自己回复自己说,很带劲!奇怪的是,我竟然也这样觉得。我爱工作,我喜欢忙碌着的感觉。

记得 2007 年的夏天,我和三儿住在北京电影学院附近的出租屋里,那间房只放得下一张单人床、一个沙发和一张小桌子。这个桌子也是我的工作台,几乎每天晚上我都坐在桌前设计书籍封面,三儿则坐在沙发上把床当桌子,写着他拍的片子的解说词。

当时我们心里倒也没有什么宏大的目标,也不为着买车买房,就这样很努力地工作着。我和三儿都觉得生活就该是这个样子的,趁年轻就要好好努力认真工作。我俩都很拼,拼到什么程度呢?有一次，我婆婆从苏州来北京看我们，她夜里三点起来的时候我还在工作，而她的儿子正加着班还没回来，把每晚九点不到就入睡的老人家彻底给惊到了。

后来我开始经营一家淘宝店，刚开始是想把家里很多闲置的书和碟片分享出去，到后来听了大家的建议我开始卖衣服，生意越来越好，我也开始没日没夜回复旺旺消息、处理订单、写快递单、包包裹，连喝水的时间都没有。

三儿当时在旅游卫视做《有多远走多远》的电视节目，也是超级忙，经常全世界出差。

有次他去法国出差摔断了胳膊，有三个月的工伤假，假期快结束的时候我俩心血来潮买了机票，说走就走地去了西藏。那是我们第一次一边旅拍一边分享一边在淘宝上卖衣服。正是这趟边旅行边工作的西藏之行，让三儿有了辞职的想法，他觉得虽然旅游卫视的工作可以让他想去哪里就去哪里，但毕竟那都是没有我的行程。如果我们一起工作，我们就可以一起去旅行，一起去到更多的地方。

我们就这样一路走到了今天，也一起携手走过了世界上的很多地方。

工作上我们依然充满热情，但坦白讲我没三儿的劲头大，从创业到现在他心里好像一直燃烧着一团火，总是有用不完的精力，常常半夜醒来思考，然后等我醒来又一大早和我讨论方案，在他身上我看到了永不熄灭的对生活的热情。

我们通过工作来成长，来实现自我价值，做什么样的工作不重要，就像三儿常说的"人生就是一场体验，尽情燃烧吧"，只要努力燃烧过，就会领悟存在的意义。

托尔斯泰写过一段关于工作的话：一个人如果知道怎样去工作和怎样去爱，知道怎样为自己所爱的人工作和爱自己的工作，那么他就可以享受到丰盛的人生。我和三儿都怀着前所未有的热情爱着我们的工作，也一直在为着自己所爱的人而努力工作。能不能享受到丰盛的人生，我们不知道，也不是我们的目的。我们爱的，只是工作本身。只因——

工作让我充满希望，满怀动力，让我体验人生的一部分意义。

一直觉得，人和工作之间有纯洁的关系，努力且珍惜时间，带着正向的心智和感情抵达手中的工作，再通过手里的工作磨砺心智，人的感受力会在全心投入的工作中慢慢变得纯净。

我爱工作。

我爱学习

生下悦悦回归公司后我主要负责产品，当时我有许多跃跃欲试的想法和想要做出的改变，可当自己真的着手去做的时候，却发现有很多不明白的地方，怎么办？去学！

于是我带着刚满六个月的悦悦去杭州上了商品企划的高阶课程。三儿开玩笑说，如果悦悦将来成了设计师，这应该也算一个起点了。

虽然我们做衣服将近十年了，但我一直都是凭着感觉在做，杭州的课程算是我第一次认真地学习设计，反正任何时候开始学习都不晚，对吧？讲课的台湾老师有着几十年的工作和教学经验，她讲课真的超级棒，让学习一下子变得特别有趣，我每天从早到晚都很兴奋，学习的劲头特别足。

第一天上课的时候，老师先让我们做个自己品牌的定位介绍，从小到大很少积极发言的我第一次第一个主动举手回答，其实我是想争取这个机会可以让老师多点评指导一下。结果讲完之后有位同学举手说她研究"绽放"很久了，还说"我可能比她还了解'绽放'"，然后真的讲了很多关于"绽放"的东西，从品牌定位到服装风格，还有即将出发的"绽放之旅"、社群，甚至我们在全国有六十多个城市的"绽放花园"都知道，我惊呆了，也默默感动。

有时候也会有一点小小的骄傲：这些年总有些坚持会被人津津乐道，比如神话一般的开店十年百分百好评（更多人会用"奇葩"这个词，哈哈）；比如已经形成一定规模的"绽放"用户自发组织的社群；比如过去很多年我们都不开旺旺的自助购物模式……但回归本源，"绽放"本身是一个服装品牌，认认真真做好衣服才是最值得骄傲的事。

没多久，我又上了服装颜色课程。课上讲2018年流行色彩，讲课的中村老师给我们看了国际流行色协会加盟十五国各自提案的流行色，当这些颜色闪现在幻灯片上时，我瞬间就被它们的美震撼到了，原来每种颜色都是有灵魂的。

中村老师加入国际流行色协会已经二十五年了，资深又专业，这个协会通过每年两次的会议主导着国内服装界的流行色。课上有理论也有实际操作练习，其中有个小练习是根据某一社会事件了解客户需求以及时尚需求，在一百九十九个颜色中选取此事件客户需求的色彩构成。通过这个小练习我发现，不去学习的话，完全不知道许多摆在眼前的现象背后，其实都有某种可研究的规律。

课程很忙，我下课后还要回房间给悦悦喂奶，每天都跟打仗似的，可是能够学习到新的东西，真让人觉得快乐。短短几天的课程让我受益匪浅，老师们把他们研究了一年甚至几年得来的经验分享给我们，我们对于颜色的了解也更加深入和专业。上完课后我就想，"绽放"如果能把颜色"玩"好了，品牌一定会更加专业，也一定会有越来越多的人喜欢上它。

学习大概就是这么一个过程吧，将一腔热血的门外汉变得更专业、更成熟，深入，扎实，也能灵活运用。我在杭州上课的同时，三儿也去了贵州和北京学习，学习结束后，便带着嘉嘉来杭州和我会合了，我们俩像两个踏上学习小火车的旅客，不停地奔走，不停有新的风景映入眼帘，走得辛苦但觉得很好玩。

我喜欢学习，也愿意接受一些挑战，我并非设计专业出身，以前自学书籍装帧设计，后来又自学服装设计，有时候会很羡慕从小学画画、在大学里就是设计专业毕业的设计师们，但也相信机会对每个人都是公平的，只要用心努力，我也能通过自学而成就一些事情。

除了学习设计相关的内容让工作更好开展之外，为了自我提升，我还学习了快速阅读、商业写作、思维导图，等等。但这些还远远不够。往往当你真的迈开步子去学习的时候，"远远不够"这四个字就在后面追着你跑，越学习，越深知自己的不足之处，这也是学习的好处之一。

作为两个孩子的妈妈，我学习的时间也都是挤出来的，虽然辛苦，但学习真的是一件美好的事情，它能让人变得充实也变得越来越自信，不再轻易怀疑自己，对生活有了更多的信心，对所做的事情更专业，用更好的方式对待自己和爱的人。最为美好的是，你很期待看到未来那个闪闪发光的自己。

将一株植物穿在身上

衣服的材质有许多种,比如,棉、麻、羊毛、皮革、雪纺、涤纶、醋酯纤维、蚕丝。

所有的材质中,我偏爱麻。

麻不是一株植物,而是一堆植物的总称,有常见的胡麻、苎麻、苘麻,还有罗布麻、黄麻、青麻、槿麻、剑麻,在这颗星球上,每个洲都生长着枝叶茎干不同但都可以称为"麻"的绿色植物。

对于我们做衣服的人来说,麻的根须和茎干是至宝,比如亚麻的根须晒干后能从中提取坚硬的植物纤维,几乎不用任何工序,只需将纤维揉成绳子,便能纺织成布,变成你的衣裳、窗帘,或者桌布。相对于其他衣服材质的取材工序,一件麻布衣服的制成要安静自然得多。

皮的获取,整个过程充满了人类对其他动物的残忍杀掠;羊毛,挥之不去的一股味道；醋酯纤维，含有化学添加物……麻呢，本来就是生长在大地上的一株静默植物，做成衣服后还是一株植物，气息是自然的，沉静的，令人莫名安心的。

纪梵希的创始人纪梵希说：面料是最非凡的东西，它有生命，你必须尊重面料。

出于对生命的敬意，我偏爱麻，也尊重麻。

其实，麻类植物的全身都是宝，就像亚麻，亚麻分纤维型亚麻和油用型亚麻。我小时候常见的胡麻，是油用型亚麻，胡麻的种子被榨成油，就成了北方油泼面里香喷喷的胡麻油。在那些不吃面条而吃面包的西方国家，做饼干做面包的时候会放入亚麻籽油，能够增加饼干和面包的韧性，他们用的亚麻籽又是产自不同的麻了。

人类使用亚麻的历史已经有一万年了。据说，古埃及人最早开始培植亚麻，他们徒手剥离掉根须，做成穿陶器的绳子；希腊人也使用麻，做成航海的粗绳；我们古代最早使用的纺织纤维也是亚麻，男人们外出打猎，女人们在家做饭、制陶、采麻做衣，这是人类最初的几种活动。

在麻布产生很久之后，中国才有了棉花制成的棉布，不过棉花的产量很少，一直到明朝、清朝，大部分老百姓穿的还都是粗麻布。宋朝的范成大在《夏日田园杂兴·其七》里写："昼出耘田夜绩麻，村庄儿女各当家"，麻陪伴了古代女人数千年的夜晚。

一年中，冬天和夏天是我最忙的时候，冬天要准备第二年春、夏的新款衣服，夏天要准备秋、冬的新款衣服。每到冬天我就穿着厚厚的衣服跑各个工厂，南方的冬天湿冷，对于我这个北方人来说，好像穿得再多都不管用，如果不进入空调房在哪里都是冷。

布料厂就更冷了，厂子一般在很偏远的郊外，为了选出最好的面料，刚开始我经常是一个厂一个厂地跑，但是一点都不觉得辛苦，冰凉的双手触碰面料要比温暖的双手去触碰更能感受到麻的温度和质感。优质的麻质面料凹凸不平，手感古朴，令人莫名安心，因为高档的质感，西方画家们也常常用它做画布材料。

后来"绽放"的规模越来越大，有了固定的优质面料供应商，他们会亲自把新款的面料送到我家，我就在家里挑选最好的面料，打版设计，过段时间后那款被我选中的面料就成了一件漂亮的裙子。

其实活得越久，越觉得成人的世界很难取悦，通过实质性的工作取悦到自己，不仅需要努力，也需要上天恩赐。每当双手触碰到优质麻料，用力揉搓而线与线的织隙仍保持紧密，这个时候，我仿佛从这一块面料上看到未来新衣服的模样，就像小时候和妈妈逛街遇见适合自己的新衣裳，恰好妈妈有时间也有好心情，简单的盼望便得到了满足，一朵花开了。

这种简单的惊喜可以给我带来喜悦，内心深处也会因遇见它们而升起一股深沉的幸福感。

麻有很多优点，吸汗性强，具有自然杀菌作用，透气，贴身，舒适，还带有自然降温功效。麻也有缺点，一是容易出现褶皱，二是颜色单一。

不起褶皱的棉麻衣服，应该就不是麻衣了吧。起褶皱也是植物纤维的特性，虽韧性十足却毫无弹性，压挤便会留下痕迹，而后自然恢复，这是植物的特性。

麻，柔韧的同时也有股舒展精神，随遇而安，保有空间自由自在，保持着自己的柔软。常常收到姑娘们的旅行照片，有时候真的想请她们来做"绽放"的模特，"绽放"每件麻衣都有它的精神，这些姑娘们穿出了麻的自然，自在，舒展。

"自由自在"，最好的生活状态不该如此么？女人的姿态也该如此。

法国一位高级美食家说，他能从一个人吃什么食物判断这个人的性格。接触的衣服面料多了、人多了，我好想也能从一个人穿什么料子的衣服判断出他的性格。一般喜欢棉麻材质的女孩子，内心深处沉静得也像一株植物，不慌不忙，用自己的姿态和速度柔软而努力地生长。

穿植物气息衣服的姑娘，就如安妮宝贝在《素年锦时》里写的一样：

> 平淡的时光，
> 却很美丽与风韵，
> 棉麻衣装、女人、生活，安静细腻，
> 细水流长的生活，
> 很美好，也很持久。

因为可以遇到许多美好的植物气息的姑娘，我偏爱麻。

做衣服

因为报名了北京的一个服装设计课程,我每天都要在寒风中骑着单车去上课的地方。实在太冷了,我戴着手套、帽子和围巾,只露出眼睛,每次全副武装的时候都会想到上初中的那会儿,在冬天蒙蒙亮的清晨,我也这样把自己裹得严严实实地去上学。

我每天上课在学什么呢?作为一个靠着感觉走了快十年的女装品牌创始人,我来从头学习如何做衣服!

现在我有设计师也有版师,他们都能很好地实现我对一件衣服的想法,但我希望自己能扎根到最初,我在学习画图、打版、缝纫等每一个做衣服必经的环节,最终我要自己动手真正做出一件衣服来,我希望这样的学习可以让我对做衣服这件事有更多的理解与敬畏之心。

我学习着人生中第一次画手稿,从小就羡慕会画画的人,人一定要有一技之长，我没学过画画，但现在学也不晚。刚开始的几天教的都是理论，每天都记好多笔记，从早到晚地学习真的很充实，以前的一些困惑点也都慢慢找到了答案。后来学习的内容越来越难了，开始自己打版，根据身材和不同的板型进行调整，我也让我们自己的版师每天把做好的版发给我学习。虽然还没学透，但我竟已经有了一种所向披靡的感觉。

学习任何一样东西刚开始总是轻松兴奋，但当老师教我们一针一线地去缝制一件衣服的时候我突然找到了对做衣服的那种敬畏心。刚好这次在北京我去逛了"无用"，是我很喜欢的设计师马可的品牌，衣服非常贵，但为了向她致敬我咬牙买了几件，不管是厚的棉服还是轻薄的裙子，都是一针一线手工缝制的，看着那些整齐细密的针脚真的让人感动。

做衣服是什么，人们已经从最初保暖御寒的需求转变成了对美的诉求。在工业化的进程中所有的事物都在不断地扩张、泛滥，衣服也是。服装品牌千千万，款式和材质也是层出不穷，而我，想做的是有温度的衣服。"绽放"主张用天然的麻棉材质，贴近身体，舒适透气，它们不会给这个地球增加太多的负担；同时我们用彩色来表达对这个世界的热爱，用宽松的款式来释放被长久束缚的身体，这是我对一件衣服的需求，也正是做衣服的态度。

回到做衣服本身,这次课程让我归零回到最初。从学习如何用一把尺子给别人测量准确的身材尺寸开始,到最后能自己缝制一件衣服,这个过程太美妙,我看到了自己不变的热情,也再一次正视自己做衣服的初心,这一切对我来说很重要。

北京上课的这些天,风很大天很冷,但阳光都特别好,每天早上起床看到窗外的晨光时都觉得无比美好,期待新的一天所有事情的发生,因为我知道自己要什么。

小的，美的，慢的

有人说，这个时代是互联网创业最好的时代。"绽放"也属于互联网创业的一分子，只不过之前很多时候我们走在"小而美"的路线上，没怎么与外面风生水起的创业激流打过交道，就这么自顾自地走了许多年，没想到越走越好了，路也越来越清晰了，想想也蛮不可思议的。

大概三四年前，有些大的电商品牌找到我们，开出高价提出合并收购"绽放"："绽放"仍保持"绽放"的风格，我和三儿每年拿固定的高薪，也不用担心效益问题。那时候恰逢"绽放"转型期，我们也挺艰难的。面对这样一份诱惑，我和三儿每天开车去公司的路上讨论，回到家讨论，晚上睡觉前也在讨论，经过一番深思熟虑后，我们还是决定自己来做"绽放"。

虽然我们不知道"绽放"能否成功转型，也不能一下子做出样子来，但有一点我跟三儿很清楚，就是自己在做的是一件美好的事，一件值得去坚持的事。

也差不多是那个时候,我们决定公司化运作"绽放",走出了自己的小圈子接触更多创业者,整合产品的同时也慎重考虑经济效益,三儿也开始全国各地出差学习,还加入了"黑马会创业营"。

有一年三儿在"黑马会创业营"内部做融资,"绽放"是唯一一个超募的项目,但三儿回来和我认真讨论之后还是婉拒了同学们的投资。是的,我们自己本身还不够强大,还没做好准备,于是三儿给"黑马会创业营"的兄弟们写了封长信——

致亲爱的兄弟姐妹们:

答应在三月底给大家一个回复,迟迟未做,非不上心,实乃踌躇难决。

人们都向往富裕的生活,优秀的人更向往燃烧自己,直至践行自己的使命。亲爱的同学们,你们多半是后者,人生已经在马斯洛金字塔尖攀爬。至于我,2008年开了淘宝店,没有客服,没有销售目标,和茉莉两个人神仙眷侣般过了几年。在2014年我和茉莉决定正式公司化运作,踏上创业之旅,我们是准备认认真真做一点事业的。加入"黑马会创业营",不断自我学习,以至于今天"绽放"启动班内的内部众筹尝试资本化，都是这条路上的印记。

这次众筹之后经过几个月的思索，我与两家资本方、两家 FA，以及多位好友做了深入的沟通交流，融入资本市场带来的利弊益发清晰，我认为这是一个快速、有效发展企业的主流途径，是值得"绽放"认真对待、积极面对的重要任务。

但是，时机是非常重要的。

2014 年公司化运作以来，我们立足产品与团队两个重点环节，初步取得了一点点成绩，要取得更大的成就，引入资本提升公司实力是最快的方式，但是这一切的关键在于创始人。创始人是企业发展的策动者也是天花板，目前的我，还处在一个格局相对偏小、状态相对内收的阶段。

我太太茉莉怀胎七月，家中二老身体也不再健硕，我努力在公司发展上做出更多成绩，但目前的情况下，我注重家庭与事业的平衡。我们全力以赴、艰苦奋斗，一方面是为了实现自己的抱负与梦想，一方面也是为了家庭的幸福。所以以我有限的个人能力，这个时期我选择向内行走，把握家庭与事业的平衡点。

我们每个人都有天生的使命。我的使命就是要幸福，让家人幸福，同时如果有机会，可以让幸福的力量去感染他人，让更多的女性美丽绽放，这是摆在"绽放"面前的漫长旅途。这条路我们现在慢慢走，如果有一天我们准备好了飞，也会展翅翱翔。

所以，亲爱的同学们，请允许我向大家致歉，我需要将"绽放"资本化的节奏暂时放缓一下。"绽放"在未来仍然会开放地迎接资本，但重要的是时机，我希望在一个更成熟更自然的节点去迎接"绽放"的资本化，如果那个时候大家仍然对"绽放"有信心，我非常渴望同学们的鼎力支持与相助，最重要的这是一份我们情谊的加深与见证。

一切很美，我们一起向前。

看到这封信的时候我特别感动，这才是我们的初心。

"绽放"是温和的，是小的，也是美的，能守住这份美好与温暖，才是最重要的事情。

《圣经》上说，有衣服和食物，即当知足。能有一份安静的美的事业来做，也已感恩知足。我们现在努力要做的就是把美好的一切分享出去，产生更多的美好。

关于"文艺青年创业"。给正想创业的你，或许有帮助：

1. 自我认知，下决心很重要，尽可能获取伴侣和父母的理解与支持。绝对的支持有时候很难，但你得耐心地去做这项工作。

2. 文艺青年创业，建议你在初步准备好的情况下，从小的入口切入，慢慢地发展。文艺青年很有情怀，但很多人商业头脑并不强，所以从小的投入开始，否则会对你的梦想打击很大。先在市场上试一试，等你开始有了商业意识，再开始慢慢做强做大。你要知道租金、选址，要看看存钱多少，或者能借到多少钱，这些钱在盈利之前能够支撑多久。

3. 有了钱就有了格局与规划范畴，再看你要做什么事情。但也不要唯利是图，一定要做让你开心的事情，有兴趣，并且能够让你开心，这才能让你勇敢面对漫长的创业过程中所要面临的挑战。创业一定会遇到困难期、瓶颈期，兴趣会非常重要，选择你的擅长与热爱。

匠心

有一年七月，我和三儿把时间都用在了旅行上，带着孩子进行了布拉格和维也纳的"双城之旅"，又走了一趟日本京都的"匠心之旅"，每一次旅行都是一场不同的人生体验，一场在路上的学习和思考。

日本的那趟"匠心之旅"是三儿有天思考"绽放"未来的发展时突然想到的。当时很长一段时间我们几乎把所有的重心都放在了产品上，虽然做得还不够好，但是越来越清楚地意识到产品才是一个品牌的立足之本，而想要真正做好产品太需要有匠人之心了。

在日本有很多百年企业，他们已经把匠心精神当作了一种生活方式甚至是一种日常，所以我们和很多都在做产品的优秀的创业者们一起到日本学习。虽然只有短短的五天，但我们都获益匪浅。不是亲眼看到你不会知道，世上真的有人一生只做一件事。

京都有一个叫大阪堺市的地方，在日本有句话叫作"**堺是事物的原点**"，堺市是很多工艺的发源地。走在街上会听到很多响声，有来自电车的叮叮声，还有来自铸刀的打铁声。大阪堺市最出名的就是手造打铁工业，占日本市场的百分之九十之多。我们拜访的水野锻炼所距今已有一百四十年历史了，到今天他们仍然在徒手打造每一把刀。

水野淳是这个家族的第五代传人，我们和他一同进入锻造间，在一千三百度高温的热火炉旁，水野淳心无旁骛，只专注于面前的铁条，一起一落地敲打着，认认真真地锻造着手中的每一把刀。每个月这样不间断地工作只能锻造出十五把刀来。

水野淳大汗淋漓地锻造着一把刀，我们在高温下待一会儿也是汗流浃背，后来我们问他，为什么不开空调呢？他说，温度会影响手感，从而影响刀的品质，他宁可日复一日地这样热也要坚守品质。

正是这样的坚守让水野家做的刀成为一百多年来日本最受欢迎的厨刀，锋利坚硬，一刀刀丝毫不差地把食物的形态和味道完全发挥出来。即使小如刀柄，用料也很讲究，由精木到犀牛角，全由专业工匠打造，很讲功夫。一把刀，由头到尾，都是工艺，保养得好的话可以用上一生。

一生只为了做一件事，水野家族是这样，谷村家也是这样。

已有五百年历史的谷村家，位于野鹿特别多的奈良，"谷村丹后"为世袭之名，相传为德川家族御用之茶筅师，自日本室町时代一直相传至今，我们来拜访的古村淳先生是家族第二十代传人。

茶筅是奈良著名的传统工艺品，也是茶道中的重要工具，谷村淳先生为我们介绍了茶筅的历史，当着我们的面制作了一把茶筅，竹子的纤细之美在他精湛的技艺下展现得淋漓尽致。听他介绍说，这门手艺要学十年才能出师。当我看完一个茶筅的制作过程简直无法想象几十年每天就做这么一件事情得多无聊和寂寞，要是让我像古村淳先生一样，手里拿着竹子，一段段一刀刀地把竹子劈开来切薄切细，日复一日年复一年地这么做，我不确定自己是否有这样的恒心。

匠人之心，还真不是说说那么简单。

后来我们又走访了几家优秀的百年企业，发现每一家百年企业都有让人敬佩的匠人精神，他们保留着初心，简简单单，把自己的信念和坚持倾注到手中的产品上。

有一家做扇子的百年店铺叫小丸屋，小丸屋的第十代接班人住井女士跟我们做分享时说，尽管面临着手艺匠人的年龄老化、技艺快要失传并且产量日减的景况，她仍然会坚持做下去，她说，这件事不完全跟钱有关，她希望能让这么美的东西代代相传下去。

我听完这番话很感动，从业路上最怕走着走着便忘了初心，如果走下去的动力更多是为了实现初心和代代传承，那么路途中许多问题都会变得简单多了，有时候想想，似乎真好过一味寻思如何将利益最大化，如何将损失降到最小，如何打败竞争对手……

除了百年企业外，我们还去了叫美山町和伊根町的地方。日本的行政划分分为都、府、县、市、町，町呢，就相当于我们的"村"。美山町被称为日本人最后的心灵故乡，全"村"五十户人家中有六成以上为茅草屋建筑，身处在村里仿佛穿越回了古代，这样的茅草屋其实是日本古代乡村的代表，不管时代如何变迁，美山町仍把传统保留得很好。

依海而建的伊根町则被称为全日本最美的村庄，有一千七百年的历史，村庄旁的海水清澈得可以看到海底的小鱼。这里和美山町一样，自然生态保存得十分完好。

即使这样与世无争，现代化的进程还是不可避免地影响了这个静谧的小村庄。十分之一的舟屋因无人居住而空置，远来造访的旅人也没有很好的休憩的地方。在这种情况下,政府并没有进行大刀阔斧的拆迁或改造,而是请了京都著名的建筑师黑木先生来设计建构观光设施。刚开始,黑木先生让村民们通过小纸条来传达他们的需求,然后他又花了大约两年的时间来陪伴当地的居民,聆听他们的需要和取得他们的信任。耗时四年之后,他在海上填出了一部分地来做规划,在空间和设计上他都思考了传统的风格与居民的生活,最大限度地不去干扰破坏这里原本的样貌。

黑木先生带着我们走访了村庄,参观了他搭建的观光设施,有小伙伴问黑木先生,这个项目赚钱吗?他摇摇头说,并不赚钱。他花费了几年的时间来改造这里只是希望能为这里创造稳定的收益,由此来奠定未来一百年这里还有继续存在价值的基础。

不管是经营一家企业,还是建设一个村庄,考虑的不是眼前而是百年之后的存续,这样的眼光值得赞叹学习。

日本"匠心之旅"的最后一晚我们入住了虹夕诺雅酒店,它是星野集团旗下的精品度假酒店品牌,也是日本顶级奢华度假酒店的代表。

酒店一般不随便接团,后来经过翔实的交流沟通,我们得以入住并邀请到了酒店的总经理来跟我们做分享。星野集团也有一百来年历史了，现在的社长是家族第五代传人，在经济低谷期他大胆地把酒店原有的重度资产模式变成了纯粹专业的品牌运作，经过这些年的努力把星野的知名度从默默无闻提高到顶级的声誉。这是一个品牌人在企业低谷时将瓶颈变作机遇的真实故事。对于经营者而言，重要的不仅仅是在鼎盛时期如何维持，更多的是要知道在低谷时如何进行新的尝试，做品牌做企业，从来都不是一帆风顺的，这需要创业者的勇气和魄力。

参加这次"匠心之旅"的小伙伴都是企业的创始人，在百年星野的溪水流光边我们畅谈至深夜，聊着辛苦走来的这几年，聊着收获颇丰的这几天，以及那些闪闪发光的未来，分别道晚安时，我们在星空下竟然都有种依依不舍的感觉。

每个创业者都会遇到层出不穷的问题和挑战，如何面对，又如何旷日持久地坚持，这次的"匠心之旅"，好像为我们找到了一些方向。旅途漫长，这一程只是一个开始。

索性就随性而为，勇敢地往前走吧

我在人生的很多时刻都想清零重来，不是说当时有多糟糕，只是希望一切都是新的。

就像我会在开始一件很重要的事情前仔仔细细地打扫书桌一样。这个习惯从上学起就有了，只是太多时候，书桌都是乱的，我为自己总也不能静下心来学习找着借口。毕业这么久了，在某个压力很大的时刻还是会梦见考试。因为我不是一个好学生，如同我现在也不见得是个好的生意人。

我就随着自己的性子经营着"绽放"。就像学生时代我的成绩总是一般一样，现在也未必有多出色，不过好在我一直乐在其中，没有规划没有目标地就这样做了这么多年。唯一值得骄傲的是，随性自由走着的路上，我们找到并坚持了"绽放"的定位：彩色亚麻生活品牌。

起初，"绽放"的衣服风格并不只专注于"彩色亚麻"，而是什么类型的衣服都有。转型的根本原因还是我和三儿太热爱旅行，而旅行路上，我最想要穿的就是天然的亚麻，它们也都有着好看的颜色。

慢慢地，我和三儿就常常穿着我设计的宽松的彩色亚麻衣服去世界各地旅行，比如非洲的坦桑尼亚，墨西哥的涂鸦城，太平洋的帕劳岛国……旅行路上的衣服是随意搭配的，怎么舒服怎么来，照片上的样子也是随心的，我们把这些照片发到网络上后，没想到竟然有很多姑娘喜欢我的随性搭配。

其中有个姑娘就跟我说：茉莉，你为什么不卖卖旅行路上的女装呢？

这个小小的善意提示成了我们转型的关键。几乎没有下多么大的决心，我们便舍弃掉了原先多样的风格，只专注做旅行路上穿着舒服又好看的衣服，这个过程里真正的核心就是我们热爱的彩色亚麻。因为麻拥有天然透气的属性，所以它是我本来就很喜欢的一种面料，但是当我们旅行，或者就是在日常生活中想要一种更自由洒脱的状态时，黑白灰的麻棉衣服就稍显沉闷了不是吗？所以我开始将各种色彩赋予传统的麻棉服装，红、绿、紫、蓝、黄、粉、青，还有各种很少被用到的色彩，我都开始大胆地尝试、运用。当然，因为麻的面料本身就有独特的文艺气息，所以我希望它在明亮起来的同时却又不是过分张扬的鲜艳。在一次次的尝试中，我摸索着色彩的饱和度与纯度的微妙区别，也感受着各种不同颜色之间的搭配，尽量让每一款彩色亚麻衣裳都能散发出灿烂又和谐的味道。

在彻底转型的过程中许多姑娘一直问，为什么之前各种风格的衣服不卖了呢？也有些老顾客真的离开了，再也不来了。有时候就连我自己也特别想念以前多样的风格。可是，每次犹豫的时候，我就告诉自己，要真正做好一样东西，舍弃就是一种勇气。

就这样，冒着客户流失的风险，我们坚持着自己热爱的彩色亚麻，一次次走在路上，用绽放的姿态去探索世界。我想有生之年，如果有幸能为热爱旅行热爱自然的姑娘们制作漂亮的彩色亚麻衣裳，让她们在舒适中更关照自己，在色彩中更看到积极，已是一件足够美好温暖的事。

"绽放"转型后，我把全部心力都放在做产品上，陆续报了一些课程，也开始进行专业的学习，才发现负责产品根本没有之前想象的那么轻松。衣服的风格与款式、面料取材、颜色、设计感等关于衣服本身的方方面面都需要学习、思考和改进。

你瞧，虽然方向清晰了，但真要走得精彩，又是一次次的新挑战。

对我来说，人生中总是会有些心血来潮的时刻。说到底，我还是个不愿意墨守成规的人，走到今天大部分时候也都是和当初一样。

坚定了方向，索性就随性而为，勇敢地往前走吧。

坚持与放弃

十年之前,我绝对想象不到十年后会拥有一个自己的服装品牌,也想象不到这个服装品牌会拥有数百万的会员。

十年前的我并不是一开始就目标明确想要创办服装品牌的。那时候我开了一家淘宝小店铺,在里面分享书籍、唱片,卖卖漂亮的衣服,也没有想着要做得多么好。与挣钱相比,我好像更关注买家给我的中、差评,常常和它们较劲。

记得刚开店那会儿我就特别在意中、差评的出现,即便再开心的时刻一旦跳出一个中评或者差评,瞬间就像在大冬天里被泼了一盆凉水一样。那时候还是手写快递单,三更半夜接订单写快递,一边写一边心里还在想着那些中、差评,于是白天给买家打电话解释道歉,晚上自己默默哭鼻子,等胳膊写酸了眼睛哭痛了,就带着哭肿的眼睛先去睡觉,第二天继续去解决。

可能与其他淘宝卖家比起来，我这简直就是在做无用功吧，有人说我"不是脑袋坏了，就是缺心眼"，这心眼一缺就缺了十年。如今，"绽放"十年了，并且，保持了十年的百分百好评，这在同行眼里都觉得是奇葩般的不可思议。

刚开始创立"绽放"时只有我自己，后来三儿辞了职，我才有了第一个"伙计"。接着有了发快递的小哥、专门做客服的小妹妹、页面设计师。慢慢地，我们已经不是一家小店了，有了打版师、摄影师、服装设计师、网页设计师、企业管理顾问、财务、人事，等等，从几个人到了现在几十号人，从线上店铺到实体店铺。除了定期组织线上活动之外，还有定期的线下旅行和社群活动，工作越来越好玩，我们也有越来越重的责任感。

有一天我拍摄完一批新衣服，站在窗台前深吸了口气，三儿突然喊我去会议室开会，我扭过头来看到偌大的办公室坐满了员工——竟然有这么多人在为一个叫"绽放"的服装品牌低头忙碌！一下子眼角就湿润了。

我问自己，到底做了什么？

想起来那个二十多岁、为一个差评坐在床边哭鼻子的小姑娘，好像这十年里她什么都没有做，她只是一直在坚持傻傻地做事，做一些温暖的事。这么想起来，又很感激那个傻傻的倔强的小姑娘了。

之前看过一个马云的视频，马云说：

> 阿里巴巴不是这两年做成的，是十五年前我们的思考，坚持了十五年才走到今天。今天的你，实际上是十年前的思考，你十年前的思考和十年的行动铸就了今天的你。同样，十年以后的你，也是你今天的思考和今天的行动所铸就的。今天你在想什么？今天你在坚持什么？今天你能放弃什么？

坚持什么真的很重要，我坚持了十年。"绽放"在做成中国第一旅行女装的路上也坚持了近十年。往后，我还会继续坚持。

当然这些都离不开我的第一个"伙计"三儿。岁月短，陪伴多，无再多语言说感谢。

三儿身上的坚持精神，是我所不及的。每一天的早晨三儿都会去跑步，他已经坚持了几个月了，不管是在旅行中还是出差学习，他几乎都没间断过，而我就有点断断续续的，有时会跟着他一起跑，有时会照顾嘉嘉吃早饭，有时索性就赖在床上再睡会儿懒觉。

三四年前，三儿描述"绽放"未来的样子时，当他说到"绽放"

是一个品牌的时候还有小伙伴笑出了声,那时候在大家心里可能觉得我们不过就是一家卖衣服的小店,但我们没有想到的是,第一个十年过去了,"绽放"的样子,我们的样子,还有团队小伙伴的样子,都和他之前思考的一样!

我想起三儿在朋友圈写过这样的一段话:我想立个誓言,我和茉莉今天所取得的一切,财富、成长、美好、幸福,一定让真正热爱与跟随"绽放"的队员得到,我内心充满了自信,吹过的牛多数实现了,这一条一定不辜负。

我的目光不及他长远,但我懂得信任,也敢于信任,愿意坚持,也会努力地去过每一天,加油,去迎接那个十年后的自己吧!

勤能补拙

无意中看到小时候的一张照片，那是一个优秀学生夏令营，每个同学都为这个夏令营准备了漂亮的新衣服，而我却穿着姐姐穿剩下的短裤，本来我就是个很自卑的小女孩，所以这件事让当时的我心里很难过。不过也许就是那个时候，我心里埋下了一粒关于美丽衣裳的种子。你瞧，现在我成了裙子最多的那一个，而且我设计的裙子还被那么多人喜欢着，被她们穿去了世界各地。

有人问我，你是两个孩子的母亲，又有自己的事业要做，还要写书，是怎么做时间管理的？其实我时间管理做得并不太好，只是尽力在每一个当下把手里的事情做好。

也有人评价我很勤奋。好吧，如果别人不用这个词形容我我也是不好意思这么评价自己的，但可能对于一个有点自卑的小女孩来说，想改变自己的命运就唯有"勤奋"吧！

记得我在银行工作的时候下班后可以整个通宵自学设计,在干了平面设计后可以三天只睡两小时做出一本书来,现在作为一个非科班出身的服装设计师还可以带着要哺乳的宝宝到处出差学习。三儿补充了一句说,"勤能补拙",是啊,没办法,我拙就只能多勤快点。

还有人问我下一步有什么目标和想改变的,我说,我没有太大的目标,我也不想改变什么,很满意现在的状态,我能做的是认真得过好每一天,努力得做好每一件当下的事情。

刚开始总是要三儿牵着我走,但就当他是个导演我是个配合演出的演员,我也是演得很卖力的那个呢。这一两年,我开始渐渐学会独立,但还需要更有自我一些,这是我目前的功课,也是又一次的挑战,迎接它,慢慢来。

虽然没有太大的目标,但愿望还是要有的。

前阵子翻开我去年年底写的愿望清单,其中有一条说,希望自己能在千人面前流畅自如地演讲,要知道从小到大作为学生的我几乎从来没有主动举手回答过问题,在人多的场合讲话也很胆怯,去年我写下这个愿望的时候是想挑战一次自我的,结果真的很神奇,后来真的有 TEDx 演讲大会的工作人员来找我,而我也真的在千人面前做了一次成功的演讲。

其实能有勇气登上这个舞台对我来说就已经是挑战成功了，因为在上台之前我还真的蛮紧张的，我问三儿，我的演讲稿里有没有能称为宝贝的东西？三儿说，你只要敢站在台上你就是宝贝。

他相信我，我也要相信自己，相信信念的力量，你，也可以!

想要沉迷于生活,也请先努力工作吧

想起以前发过一条朋友圈,我说,我突然想过一阵子不这么勤奋积极的生活,比如沉迷个游戏呀,或者追个电视剧打个麻将什么的,不高兴就生气,生气了就发火,每天无所事事随心所欲些。结果还是工作了一天,第二天早上五点就又出发去日本出差了,所以我注定是劳碌命吧。

早晨闹钟响了后睁开眼,悦悦的一只脚就在我眼前,她趴在床上睡得可香了,昨天夜里她还努力地翻过我爬到了三儿身旁,最后趴在三儿身上安静地睡着了,那个画面好温馨,可惜从来都睡得很沉的三儿完全没感觉到。

其实每天早上都是悦悦先醒来的,有时候她会爬到我身边用手轻轻摸摸我的脸,有时候会清脆地喊一声宣告她这一天的开始。今天我先醒来亲了亲她的小脸准备走的时候,她突然抬起头来喊了声"妈妈",我说"妈妈在",然后轻轻地拍了拍她,她就继续睡了。

每次看着小小的悦悦和懂事的嘉嘉真的有种满满的幸福感，有时候我也会想，会不会这样忙碌的同时少了对孩子们的陪伴呢？所以只要在家的时候我还是挺用心地和他们玩的，在一起时就高质量地陪伴，这样即使忙碌也不会有太多的遗憾。

可能你把所有的时间都给了孩子们，但同时又遗憾抱怨自己因此而失去了自由，或者你忙碌得根本没时间陪伴孩子自己心里又充满了各种内疚歉意。我现在真的意识到很重要的一点，就是你要做好自己之后才可以做一个好妈妈，歉疚和遗憾的情绪对自己和孩子都不好。

此刻的我出差到了日本，来看一个服装展。在做衣服这件事上我也是刚开始深入，不学习怎么行？所以孩子们肯定也会理解妈妈的吧，妈妈也能成为他们的榜样，不管将来做任何事情都要全心投入地努力，那么再辛苦也不会觉得累，再劳碌也会享受其中。

亲爱的小孩

第三部分

> 孩子，我要求你读书用功，不是因为我要你跟别人比成绩，而是因为，我希望你将来会拥有选择的权利，选择有意义、有时间的工作，而不是被迫谋生。当你的工作在你心中有意义，你就有成就感。当你的工作给你时间，不剥夺你的生活，你就有尊严。成就感和尊严，会给你快乐。
>
> ——龙应台

> 孩子，我对你的"成就"无所寄望并不等于对你的品格无所寄望。妈妈希望你来到这个世界不是白来一趟，能有愿望和能力领略它波光潋滟的好，并以自己的好来成全它的更好。妈妈相信人的本质是无穷绽放，人的尊严体现在向着真善美无尽奔跑，所以，我希望你是个有求知欲的人，大到"宇宙之外是什么"，小到"我每天拉的屎冲下马桶后去了哪里"，都可以引起你的好奇心；我希望你是个有同情心的人，对他人的痛苦——哪怕是动物的痛苦——抱有最大程度的想象力，因而对任何形式的伤害抱有最大程度的戒备心；我希望你是个有责任感的人，意识到我们所拥有的自由、和平、公正就像我们拥有的房子车子一样，它们既非从天而降，也非一劳永逸，需要我们每个人去努力追求与奋力呵护；我希望你有勇气，能够在强权、暴力、诱惑、舆论甚至小圈子的温暖面前坚持说出"那个皇帝其实并没有穿什么新衣"；我希望你敏感，能够捕捉到美与不美之间势不两立的差异，能够在博物馆和音乐厅之外、生活层峦叠嶂的细节里发现艺术……
>
> ——刘瑜

PART 3

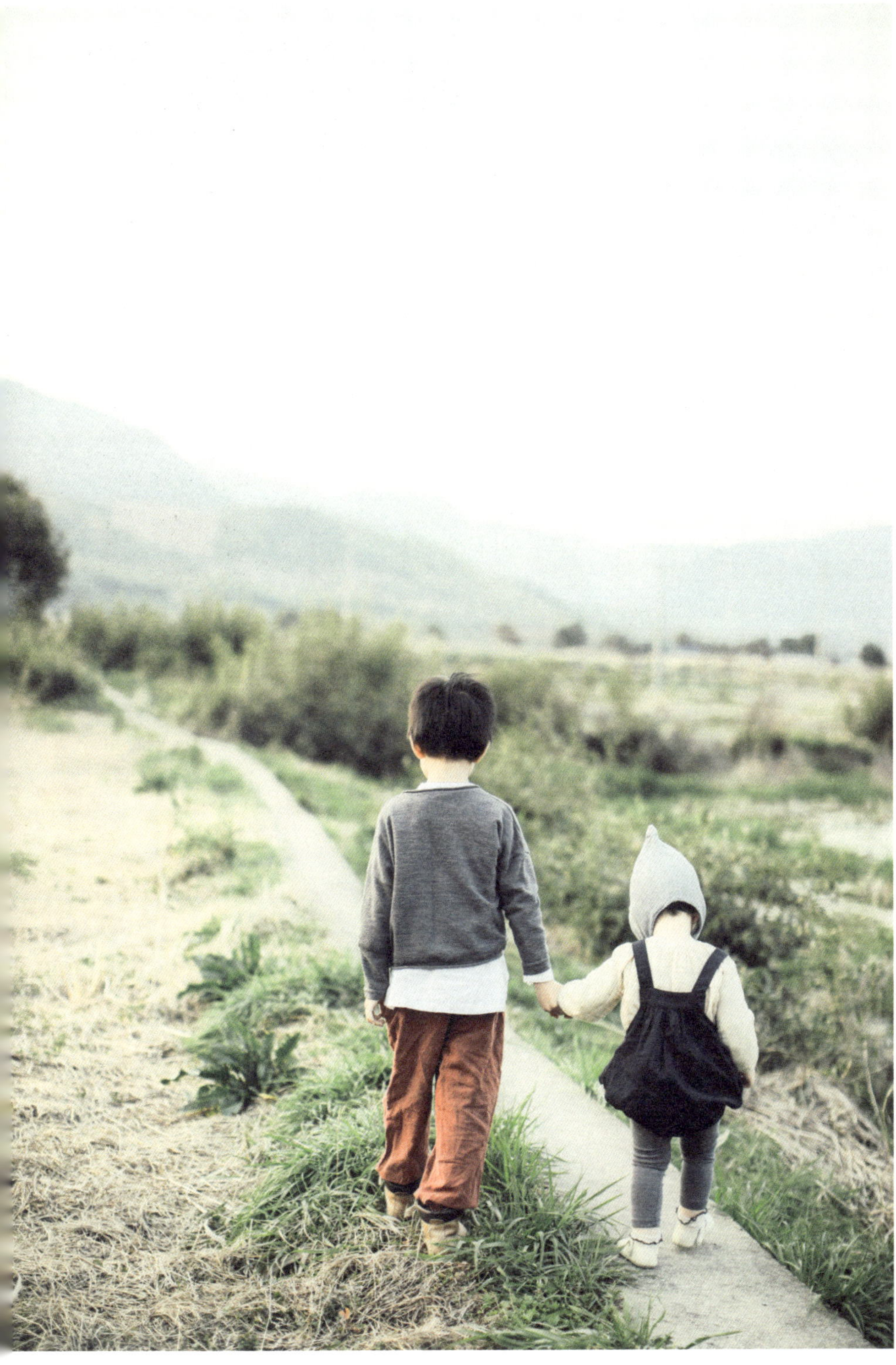

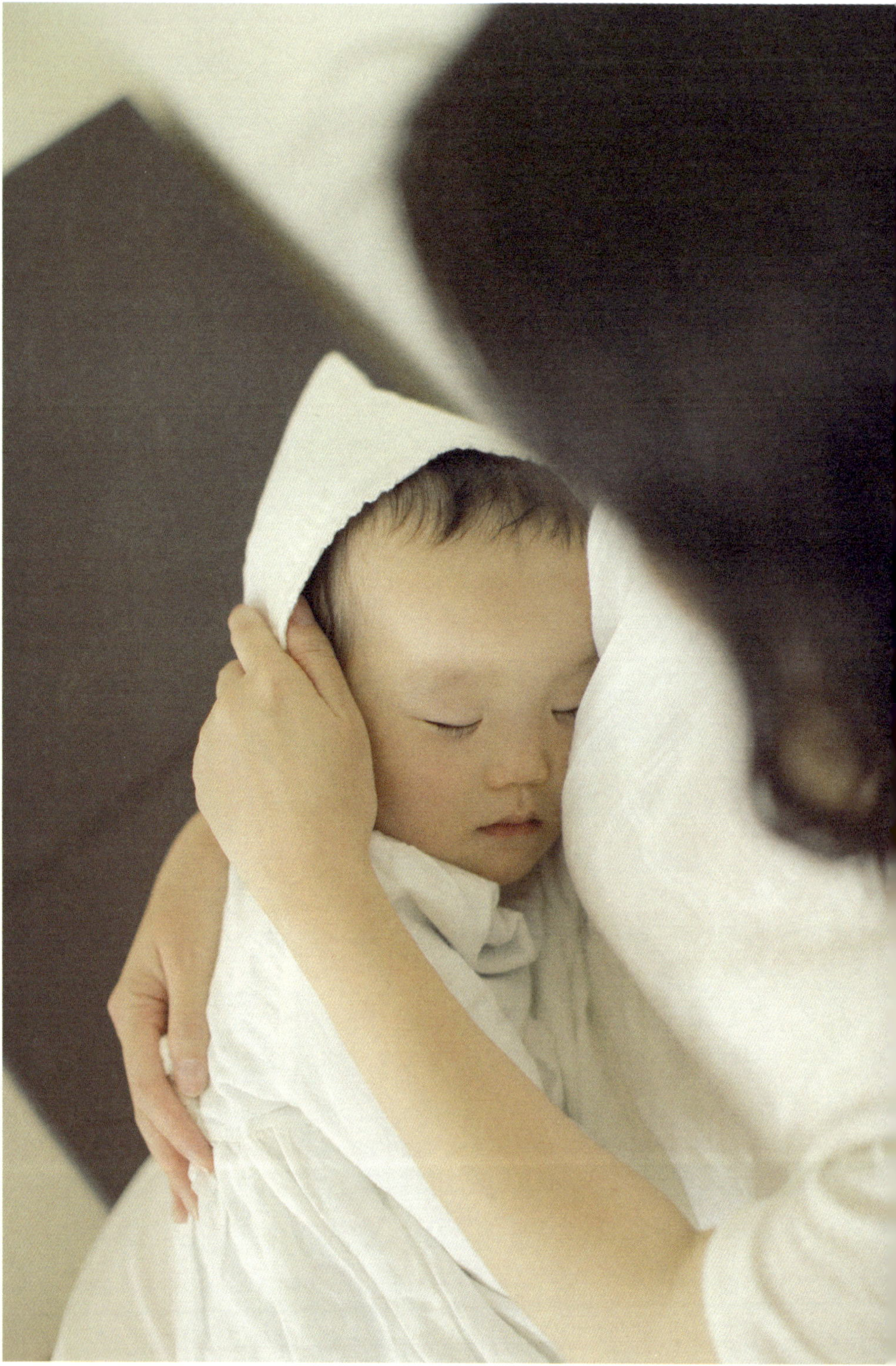

亲爱的 Kids

小孩

PART

3

亲爱的
小孩

—

持续学习做一个好妈妈

"妈妈教好好吃饭。精致的食物，的确需要制作的时间或材料的花费，但美好的饮食形式，却只需要对生活的了解和尊重。一个家庭如果用餐时能好好坐下，大家心情愉快，还不怕花一点时间与劳力清洗杯盘，这样的家庭总是能用很美好的一餐。"

爸爸教读书识字画画。"好好写字,绝对是人生里相当值得的投资。举凡坐姿、执笔、笔顺、部首、部件、字形等细节,全是谨慎看待,耐心教导。"

"妈妈教好好说话。亲子人生最有目标的第一课,就是'说话',而天下所有的妈妈也都知道,'说话'是带孩子的基本工具,一用就是一辈子的事,除了好好掌握语言的用法和弥漫在话语之间的气氛之外,每一位母亲说话的耐心,也随着孩子的成长,受着生活严格的考验。"

"妈妈教稳稳走路。教导身体的管理比教导说话要难很多，毕竟'说话'偏向自发，而肢体的管理大多得从'约束'做起，而又有谁喜欢被约束呢？哪些约束属于必要，哪些可以放松，也与父母的想法与坚持，才是这一课最重要的老师。"

爸爸教认识时间。"如果我们能以惊叹的眼光来了解时间，我们就不是时间的奴隶，也可以从善用时间里，不断体会到更广大的宇宙感。但这样的心怀，是需要从童年施教的。我自孩提开始就很少听到别人在催促我，或因为工作拖延而受责备。不被催促与不受责备，使我体会自尊心的美好，又推动我称为责任感的一大部分；也是人生美感的一大部分。"

爸爸教判断力。"眼光可以是'欣赏的能力'，也可以说是我们看待事物的'判断力'，和自己从处世的经验里慢慢设定的'标准值'。交朋友是一种眼光，守纪律是一种眼光，负责是一种眼光，光说看成绩与看分数，也是一种值得跟孩子讨论的眼光。"

"培养孩子有一个宽容、平和、坦率的胸襟……在这个善恶交集、玉石混杂的世界里,从小就培养孩子原谅他人缺点的宽容气量。总之,不挑剔他人的缺点,原谅他人的过失,信任他人的自觉性,在培养这种宽容心态的过程中,不光是大人和孩子会从中感到乐趣,而且我相信,这也一定会使我们的孩子的未来人生更加开阔。"

衣

1. 自己穿衣服 脱衣服   1分
2. 整理衣服   2分
3. 洗衣服   2分
4. 不困挠穿礼服发呐   1分

食

1. 早饭 15分钟吃完   1分
2. 晚饭 30分钟吃完   1分
3. 吃饭姿势物正   1分
4. 不浪费粮食   1分
5. 等大家一起吃饭、吃饭礼貌   1分
6. 吃饭礼仪   2分
7. 好挺的   少

住

1. 自己睡觉   2分
2. 叠被子   3分
3. 自己洗漱   2分
4. 按时睡觉 9:00-9:30   2分
5. 按时起床 7:00   2分

行

1. 安全带
2. 不乱跑
3. 不迟到

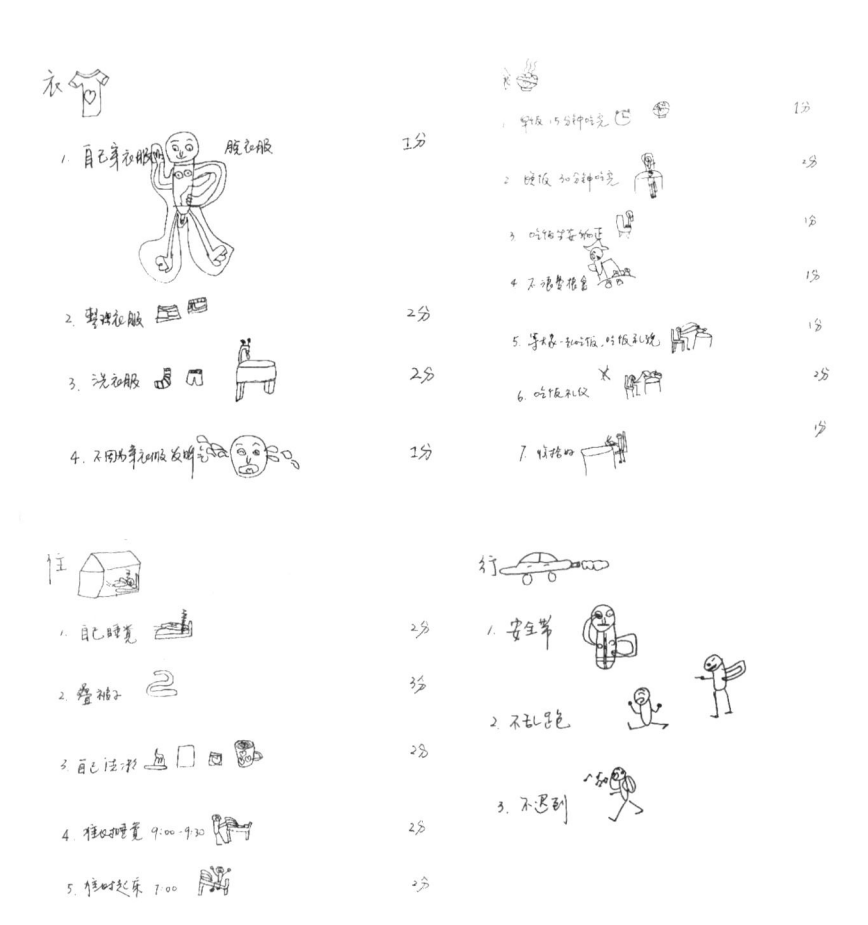

"欲望、情操、知识的综合教育。要经常练习日常的礼貌用语，谢谢、早上好、请慢用、我回来了、我走了之类的话，扎实地用。让孩子在家庭中首先接受以举止、礼貌为中心的情操教育。"

"父母应该把孩子视为天赐的恩惠……随着孩子的成长要让其接受做人的朴素的道理,特别是要培养孩子对事物彻底理解的能力。要求孩子对任何事都应有明确的态度。这样孩子对任何事都会认认真真去做,即使再辛苦也不会想到中途逃避,而是克服困难向前看,意志也坚强。"

企业家、旅行家、设计家、作家……我的事业是家庭。我最想成为一个好主妇、好妈妈。

亲爱的小孩，欢迎你来

有次看到一条留言说：我生了，母子平安，谢谢茉莉。她特意留言给我，是因为她的宝宝跟我女儿悦悦一样，也是过了预产期还没有动静。她说，多亏了我等待生产时写的那篇文章，在她宝宝"迟到"的那些天里，每当她焦虑的时候就会看一看，看完就踏实一点，要不然太煎熬了。

这篇文章是这样的——

已经住进医院八天了，我已然成了整个待产室住院时间最久的人，不断有即将生产的妈妈进来，也有生完的妈妈带着宝宝出去，迎来送往，感慨万千。

刚吃完午饭的这会儿，我走出房门散了会儿步——也只能在门口散散步了，住了院是不可以出大门的，门口有保安守着。有一天我从另一侧门偷偷溜出去，但回来只能走大门，回来的时候保安惊讶地说，你是怎么出来的？我说，穿墙！

真恨不得有穿墙术啊，待在医院太久，越来越压抑和紧张。

刚才又送走一位和我同一天预产期的妈妈，她痛了一天一夜，实在受不了，顺产转了剖腹产。我说，要不你再坚持一下呢？她有气无力地说，我已经尽力了，实在撑不住了！

昨晚也有位二胎妈妈痛得实在受不了要求剖腹产，后来大夫说，胎儿头已经很低了，本来再有半个小时左右就能生出来了。也正是因为这样，剖的时候子宫收缩乏力，造成产妇大出血。

我无聊的时候就这样坐在护士台旁边，一边感慨着做妈妈太不容易，一边看着大夫和护士们忙忙碌碌，真的觉得他们是白衣天使，他们做的事情好伟大，为了新生命的到来不停地忙碌着。

昨晚我请打扫卫生的阿姨帮我去楼下买了点面包，我放在护士台上跟小护士们叮嘱说，忙完了记得吃。因为昨天突发情况太多，她们好几个人一直忙到夜里，晚饭都没吃。

深夜，我的主治大夫又匆匆忙忙赶来，她要做一个因为羊水破了而急需剖宫产的手术。

坦白说,在这之前我心里有点怪我的主治大夫。说了这么多我也没讲我为什么住院。宝宝胎心过快,总是超过胎心基准线,时常在170左右(正常值是120-160次/分钟),因为担心胎儿宫内窘迫所以提前住院观察,每天都会有护士来定时定点地帮我监测胎心,每天胎心也还是会有几次超过基准线,甚至还出现过正弦波的胎心显示(正弦波表示胎儿有可能窒息,或者宫内缺氧)。每次大夫就让我换个姿势,走动下,吸氧或者输营养液,胎心慢慢就又恢复正常了。

每当各种指征过高的时候我就特别紧张,特别担心肚子里的宝宝有什么不好的情况,就特别想快快地生了得了,早生出来早安心,可我的主治大夫就只是让我耐心等待,不给我采取任何措施。

我是个坚定的顺产主义者,从来没有要求过剖腹产,只是希望能提前催生一下,但她每次都能说服我,可当她走后又一次出现胎心过快时我就又开始担心,每天就这样循环往复,太折磨了。

当我深夜里看到她娇小忙碌的身影的时候,突然觉得

九月 尘世岛屿

怕习惯散漫
浮游在尘世的水面
怕漂泊太久
会忘记温暖的样子
海边遥远
海上肤浅
海面吵闹不休
海底精彩纷呈
哪一个都不是我想要
哪一处都不是我能去
不如做个离岛
保持距离
保证安全
一出神，一恍惚间
在孤独里偶遇心安
一个人，也是一座人间

十月 织梦旅人

一到十月
一起秋风
嗜睡和做梦
就成了顺理成章的事

脚步暂停
回忆将歇
是时候回梦里去
向自己问个明白

你想去哪里
可你又去了哪里
你在想什么
可你又做了什么

这样的一生
这么充足的时间
够不够你慢慢醒来

比起一味做梦
半梦半醒似乎更好
因为织梦的旅人
不会作茧自缚

十一月 双生

一定有人跟我一样
人来人往人潮涌动
一直在寻找
这世界的另一个我
她懂我的欲言又止
我的疯狂和犹豫
我的一个眼神又或是奇怪的口味
我们拥抱彼此就足够有勇气
偶尔迷失也不怕，没关系
就一起做着最自在的自己

十二月 我望见大雪弥漫

我的城市下了雪，你呢
窗外的雪花像一只只白色蝴蝶
画着弧线吻向了地面
我想起儿时的我们在雪地里打滚、聊天
嘲笑着彼此懵懂的初恋

天真总是短暂，青春又过了反叛
记忆里亲密无间的小伙伴
如今只剩零星点点
庆幸还有这么几段知根知底的友情
有过一起打架的狼狈
也有过一起在巷口等暗恋男生的傻气
你懂我的坚强与软弱
我也懂你叹息后的每次沉默
我们在不停的争吵、和好中走过了四季
互相嫌弃又在对方受委屈时第一个跳起

外面的雪依旧飘飘零零
始终堆砌不成记忆里那个场景
时间的长河让我们不断失去
又不曾停止地告诉我们
逝去的和留下的都是珍贵

衣服的故事

The story of clothes

四月 回到乡下

你有责任心，平日努力工作，生活自当充实。
你相信美好，时常微笑，对所有人都充满善意。
你将内心的喜悦与他人分享，你也喜欢静静聆听。
你柔软，你有着细腻的情感，却也偶尔敏感。
你每日在这城市中穿梭游走，辛苦却也甘于付出。
这城市与你想象的样子大同小异。
但这城市与你习惯的样子又有所不同。
突然有一天，你觉得有点累。
什么都不曾改变，看起来一切都好。
可你却心生疲惫。
你开始意识到自己并没有看起来那么坚强。
你开始怀念可以大口呼吸新鲜空气的夏日午后。
你想远离钢筋水泥的城市。
你回到熟悉的大自然，你想回到乡下。
你做了决定，远离喧嚣，哪怕片刻。
与阳光和空气为伴，与绿树红花做伴。
你想要用心浇灌一片菜园。
你想要拿着竹篮去采摘葡萄。
你想要把鲜花别在耳边。
你想要在田野中尽情奔跑。
你开始穿粗布棉麻长袍。
你在晨光中期待太阳的升起。
你只觉心间一片澄明，一切自然而然。
回到乡下去吧，感受绿色，尽情呼吸！

五月 山间的风

我想像你一样
自由让你从不留下足迹
你只留余波荡漾
你只留芳香婉转
你是一场关于少时懵懂的梦
总之你一来，我头发就乱了
我怕像你一样
时钟的指针被你追着跑
你吹着四季变迁
你吹着岁月枯荣
你是一回关于时过境迁的惊扰
总之你一走，我心思也乱了

六月 花开的声音

那时候一天还很慢，睡眠还很长
我们尚且目光清明，还可以口无遮拦
也不知道那些被我们深深向往的，光鲜亮丽的大人们
其实都静不下心来听一首好歌
更别说听一场花开
现在我们一头没入纷杂人群
用嘴巴交换谎言，把耳朵嫁给手机铃声
一边厌恶，一边进行
懂事的我们怀念起那些执拗的、憧憬恋爱的年纪
尽管举止浮躁，心里却平静
那才叫作盛开
原来越是称心如意地成长
越是觉得十几岁美丽动人
花季就是充实和单薄的自相矛盾
因为花开本就无声，而无声却胜有声

七月 逐光而行

我也曾孤单得很
兴奋被写成沾沾自喜
惊艳沦为孤芳自赏
不被理解，不由分说
天真得自然而然
成长勉为其难
慢慢地也忘了该往哪里
又在哪里险些失去了自己
于是长夜就乘虚而入
把曾经泰然自若的自信都遮掩
独留份迷茫，在原地不知所措
但凡能够有个同行人
但凡一句"我明白"
于我而言，都是一束光
你是那束光
遇见你后我不再讨论孤独这话题
世事本难完美，只愿错得轻微
有幸你可陪我，一同活过痛悲
共行苦知音是你
知己悦己者是你
遥遥领先的是你
默默扶持也是你
你就是一道光

八月 心有一片海

我闭上眼
听见海风呼啸
不同于晚风
不同于暴风
算不上温柔，也绝不是无情
愿停留在海岸缱绻
也愿伴随潮水澎湃疏离
我闭上眼
听见生活陕宕
时而在深海
时而在水面
宁静是她，狂烈也是她
漂泊过，沉溺过
才发现自己漫无目的游荡了太久
我闭上眼
听见人心喧嚣
比不上任何一阵风与海
欠些温柔，欠些自由，难以无情，难以狂烈
可我怕若此以往，就忘了广袤和壮阔
想在心里圈起一片海
甘愿独处，就暗自泊浦
怀念热闹，就相映星辰
自由、润邃、宽广、壮阔
闭上眼，就能听见呼啸

很感动，也许我该信任她的专业判断才是，她不给我上催产素也是为我好，所以，我就这样在医院继续等待，等待规律的阵痛到来。生孩子真是很特别啊，你盼啊盼，满心地盼着一个也许无法承受的疼痛到来。

可能生命就是这样，有期盼有等待，还有你不得不去经历的痛苦。

昨天晚上我打发陪床的三儿回家去了，因为我觉得他在或者不在，意义都不大。他把自己安排得妥妥的，边看书边嗑瓜子，看累了直接倒头睡觉，就连护士都开玩笑地跟我说，你先生是来这睡觉的吧？他根本不理解我的无助和担忧，还总觉得我小题大做，所以有时候我看着他反倒还生一肚子气，可能男人永远无法理解生孩子这件事吧。

他回去之后我翻了下手边的书，巧的是里面有一些话好像就是专门说给我听的，我用彩色的笔把它们画了出来，读了好几遍，读给自己听，也是读给肚子里的宝宝听。

我的焦虑的确来自于恐惧，来自于我的不安全感和担忧，我很怕肚子里的宝宝出状况，但转念一想，我是上帝吗？我能知道这一切最终是如何呈现的吗？这一切都不在我的手中，我却想要掌控它们……

只愿我的宝宝平安。我会放下担忧，我会耐心等待阵痛来袭，我会尝试调整呼吸好好感受它，痛过后新的生命就要到来，一切付出和疼痛都是值得的。

写完这篇文章后，又等待了几天，后来快四十一周了，我的主治大夫看我实在是没耐心了就说，催吧，但有可能还是输液一停就没阵痛了，如果三天之后还是没反应，还是需要你继续等待。我说，好，赶紧先催起来吧。我好像看到曙光了似的，从来没有这么期待一场疼痛的来临。

连续输了两天的催产素，整个白天在药物的作用下感受着阵痛，可到了晚上输液一停阵痛也停了，那个时候的沮丧简直无以言表，感觉又是失败的一天。

第三天继续输液继续痛，到了晚上主治大夫在给别人做手术前来看我的时候发现我额头开始冒汗了，她说，看样子你今晚要生了。原来真正的痛这会儿才开始，虽然很痛，但我太高兴了，等了十天终于等到了这一刻！

我一边忍着痛一边高兴地跟小护士们说：我要生啦！要知道住院十天简直成了她们"产房之最"，小护士们每天交班第一句话就是问：茉莉生了没？

等我独自走到产房时已经痛得无法忍受了,我要求无痛,大夫说,麻药毕竟伤身体,而且估计麻药还没起作用呢,你就开全了,那个时候你还是要自己用力的。我说,反正我住院费里包含无痛的费用了,就让我体验一次无痛吧!后来助产师告诉我有人剖腹产,麻醉科的医生现在忙不过来,让我再忍忍。

还真是没等来麻醉师,没体验到无痛,宫口就开全了。到了用力冲刺的阶段,时间长得简直望不到头。求完无痛之后我又开始求侧切,我说,我要侧切,大夫说,现在不是侧切的时候,我会帮你看着的。

之前输液扎过针的地方因为用力血流了一胳膊,疼痛和用力的时间太长了,整个人晕晕乎乎的,眼前也渐渐模糊。大夫和我都高估了我作为二胎经产妇的能力,整个屏气用力的过程差不多一个小时,大夫说,你怎么比初产妇还难生。唉,都是因为宝宝太胖了吧!

反正再胖最后我也还是把这个七斤九两的宝宝顺产生了出来,听到她哭声的那一刻我也哭了,一切疼痛都结束了。我跟我的大夫连声道谢,在她的坚持下我没无痛也没侧切,痛的时候真的都不管不顾的。大夫说,对于她们来说剖腹产是最简单的,但那对产妇不一定是最好的。她还说,她学医时老师跟她说,做大夫一定要有耐心。

感谢她的这份耐心,帮我坚持了下来,并且都为我做了最好的选择。

回头再来想想这些过程,也没觉得有什么大不了的。哪个妈妈不是这样过来的?生孩子是上天赋予女人的一种能力,我们都拥有这样的能力,相信自己,去迎接这股力量,面对所有的疼痛,勇敢地坚持,一切都会过去。

生活里细碎温暖的光

"妈妈,我回来啦!"每天从幼儿园回来的嘉嘉进门都会这样跟我打招呼。过了会儿他拿了根香蕉上楼来找我,躲在我身后神秘兮兮地问:妈妈,你猜是谁在你后面呀?哈哈,真是又傻又可爱。我假装费劲地猜对后他咯咯地笑着把香蕉递给我,然后让我给他画了两只恐龙,本来还要让我扮三角龙他扮霸王龙来着,不过我说我要先工作一会儿,他就乖乖下楼自己去玩了。

这是我在微博上记录的一个生活片段,再简单不过的对话却让我心头一暖,于是马上停下手中的事情记录了下来,我叫它"美好碎碎念"。

这样的记录越来越多,嘉嘉学画画以后,我便在微博上开通了一个"嘉言嘉画"的话题,有意思的对话或者嘉嘉画的小画,都被我一一记录了下来。

万一犀牛把你的鼻子吃掉怎么办？

耶，幸好我还能看得见！

那把你的眼睛也吃掉。

耶，幸好我还能吃东西！

这是和嘉嘉走在动物园时的一番对话，说实话，我被他这样的思维方式感动到了。是不是很棒？

嘉嘉，你是否愿意跟妈妈出去逛一逛？

不是否。

那你是否愿意跟妈妈出去买个小玩具呀？

是否。

这是和五岁嘉嘉的日常对话，他还不懂得"是否"的意思，是不是很可爱？

午后暖暖阳光中的午睡，和孩子一起手工做的圣诞花环，孩子吧唧着小嘴吃的第一口辅食，夜晚持久漫长的哄睡时光……好多这样的片段都被我记录了下来，等哪天回过头来翻看这些记录时，我也会被那些情景再次温暖。

如果放慢脚步，你会察觉到生活中有许多像这样细碎、温暖、平常的小事，如冬天的阳光，藏匿在各个角落里，温暖、甜蜜、美好、却又忽闪而过。我想保留下发生在当下的所有细碎温暖。

在悦悦到来后，我在微博上又开了个"每日一悦"的话题，开始用文字和图片记录她的成长：她睡觉的样子，她迈出的第一步，她吃的第一口辅食，她一岁生日时吃蛋糕的模样。有时候我因为出差或者太忙好几天不更新，还会有阿姨专门留言问：小悦悦呢？阿姨们说，在网络上看着嘉嘉长大了，现在又陪着悦悦一起成长，这种感觉还挺好的。

继"美好碎碎念""嘉言嘉画""每日一悦"之后，我又开启了一个"五年时光记录本"，从 2017 年到 2021 年，那时候嘉嘉已经十岁了，悦悦也快六岁了，而我和三儿也将老去。如果坚持写，每年的这一天我都会回忆起前几年这一天发生的事情，应该是很美妙的感觉，希望能坚持。

除了文字和图片，最好的记录方式就是影像。前阵子朋友来家里给我们拍摄了一个小短片，非常感动，视频画面中有清晨的一个亲吻，有温暖的拥抱，有踢球时不小心摔的跤，有家人都在唱的一首儿歌，也有被批评时委屈的眼泪；有蜡笔画的太阳，有逛街时买的小猪馒头，有雨过天晴的破涕为笑，也有傍晚散步时路上的微光。这些都是我们一家人一起经历的美好，也是生活里细碎温暖的光。

我们总有老的一天，孩子们总有长大的一天，他们渐渐地不再愿意腻在我们身边，渐渐地开始有自己的生活、自己的空间，所以我现在要好好享受这些互相陪伴的时光，即使以后他们不在身边了也不会遗憾。人生很长，快乐很多，经历越多越明白平淡生活中也有闪烁的光，你只要学会看见它，记录它。

我愿你幸福

在飞往法国的高空中我翻开了一本书——每次亲子旅行我都会带一本育儿类的书，希望有机会可以和同行的父母们交流：去墨尔本的时候带了一本《给孩子立界限》，去布拉格的时候看了《全脑教养法》。这两本书我都很推荐。但这次带的这本书我有点不知从何说起，甚至很长一段时间都有点怕翻开它。

每次旅行嘉嘉都会被大家称赞懂事乖巧有礼貌，我也觉得他是个特别乖的孩子，他被表扬的时候我心里特别开心。有时看着别的孩子在公众场合大声喊叫或者不听话大发脾气的时候，我心里也为嘉嘉感到骄傲，这其实也是我对自己教养方式的认同。

可我现在很坦诚地说这些的时候并不是在彰显什么，反而内心有很大的质疑的声音，因为我似乎看到了我的骄傲背后的东西，并且开始问自己，这真的是件值得骄傲的事情吗？

善解人意、成熟稳重、为父母分忧的"好孩子"人见人爱，但常年关注儿童议题的心理学家爱丽丝·米勒却认为，这样的早熟背后，很可能隐藏着父母对孩子的内心暴力，其负面效应将蔓延孩子的整个人生，甚至代代相传。

米勒认为，孩童因需要关爱，所以会对父母有意或无意的自私索求都默默忍受，孩子们压抑自己的需求与伤痛，并以"美好童年"的幻觉将此剧痛隔绝，以至于终生难以面对真实的自己。这是这本书封底的话，也正是因为这段话让我很怕翻开这本书。

嘉嘉就是善解人意、成熟稳重、人见人爱的好孩子，但这背后是否也有我不自知地给他的一些内心暴力？他有时会在不同的情境下，略带得意或者小心翼翼地问我：妈妈，我乖吗？这问题的背后是否有为了得到我的认可的妥协和讨好？

他有时会为一些小事（我觉得小的事）难过，我会跟他说，男孩子不要哭哭啼啼。虽然我会按照一些看似正确的方法来陪伴安慰他，但不让他哭这件事本质上是否是在压抑他的感受？

翻了会儿书我停下来问坐在身旁安静看电影的嘉嘉：你怕妈妈吗？他说，我不怕呀。我内心似乎得到些安慰，可我回忆了下，有时他看到我一个略带责备的眼神时都会立刻做一些调整，这是否是

"怕"的表现呢？

嘉嘉去后面和同行的小女孩一起玩的时候我打断了正在看电影的三儿，跟他讲了讲这些感受，说着说着有点难过起来，觉得自己并不是一个好妈妈。他说，你又在自我否定，你已经做得很好了，你从小就觉得自己什么都不够好，如果真的想对孩子好还是得回到自己要找到真正的自我这件事上。

三儿说，因为孩子和母亲的联结会很深，如果母亲没有自我且深藏着恐惧，那孩子也一定会有这样的感受。我们底层的恐惧会随着年龄的增长尤其是社会成就的发展越埋越深，有时我们有机会正面、直视自己的那份内在，并且找到方法整合它；有时，我们却只是小心翼翼地躲避它。

外在的生活合情合理，并不说明深层的不安全感就不存在了，它会以你察觉不到的方式散发出来，而纯洁不谙世事的孩子可以天然地感知到。所以孩子是父母的一面镜子，让我们看清自己，认知自己，只有我们照顾好自己，对世界充满无畏与信心，甚至升腾出全然的爱，孩子才能获得同样的感受。

然后我让三儿也看看这本书，看完跟我交流一下。他认真地看了第一页就惊讶地发现书中的内容和他跟我说的非常相似。其实我看书的时候是有些体会的，书上说，对父母需要的妥协，经常导致"似是而非的人格"，这种人只会努力地表现别人寄托在他身上的期望，并使自己与他们天衣无缝地融合，让别人很难猜出在他虚假自我的背后还有些什么存在。这段话看起来就是在说我，原来这叫作"似是而非的人格"。

过去为了避免失去父母的爱，我们不得不以牺牲自己的情绪与感受的发展为代价，去满足父母各种无意识的需求。所以，嘉嘉乖巧、懂事，其实也是我无意识的需求吧？父母在小孩伪装的自我中，找到了自己需要的自我肯定，用来替代自己所缺乏的安全感。嘉嘉得到的表扬其实就是从小自卑的我一直在寻找的自我肯定吧？

书还未看完，但翻开它之前有点怕的那种感觉没有了。我又反观了下，我之所以有点怕看这本书应该是封底的那段话让我有点怀疑自己。我开始学习这么一层一层往里看，学习面对自己，学习不管什么让我感到难过或高兴，我都能自由地表达，学习不必为了取悦谁而面带笑容，也不必为了别人的需求去压抑烦恼和忧愁，而这些也正是我需要教会孩子的。母亲的内心升起信心，才会帮助我们的孩子收获一个幸福的童年。我愿你幸福。

这本《幸福童年的秘密》，推荐给你们。

你陪不陪我变老没关系

结束墨尔本的旅行回到日常工作,苏州正淅淅沥沥地下着小雨。早上送嘉嘉去幼儿园的时候他说有点凉,我们就又返回家取了他的衣服再送过去。到了幼儿园我问他有没有把小礼物送给小朋友们,他说已经分享了,老师在一旁说,嘉嘉一来就拿出来了,一边送礼物一边说这次旅行太开心了。

真好,他开始记得旅行的样子了。我们在他十四个月时就带他出国旅行,可那个时候他更多的只是充满新鲜感的好奇而已,未必记得经历了些什么。

但是至少,他会记得我们曾经一起出游,一次又一次,一处又一处,等他长大,就算不记得具体发生了些什么,也可以很自豪地说,我的童年曾在墨尔本发生过,在世界各地发生过,和亲爱的爸爸妈妈。

等他也到了独自远走的年纪,如果故地重游,想起我们曾经手牵着手，踏过青草地和黄色的落叶，看过袋鼠宝宝的依偎和考拉宝宝的懒觉，或许也会忍着眼泪，给渐渐失联的我发一条短信，嘘寒问暖，或者只是说一句：妈，我有点儿想你。

这个多年后的画面是不是有点让人心酸？

孩子的长大伴随着懂事和独立，值得欣喜，但同时也伴随着躁动与远离，墨尔本的旅行到第四天的时候我就有了这种心酸。

那天过得匆忙，却也细腻，记下了下面这些文字，现在看看还真有点好笑，明明是开心的旅途，居然想到了这样伤感的事儿上，可是再想想，不仅是这次旅途，这样的心酸或许在孩子长大前，都会一直存在吧——

> 早上去了墨尔本大学。孩子们都还小，不懂得大学的概念，但如果将来他们也出国留学了，会不会想起小时候在墨尔本大学洒满阳光的草地上奔跑时的情景呢？而我陪他们走过的那么多地方，他们又会不会记得呢？
>
> 在完全开放式的校园里，看到来来往往的学生，突然想，很多年后，如果嘉嘉离开我独自前往一个陌生国度去留学的话，应该也是这般的景象吧？

未免悲从心中生,这么大的校园,那么多独来独往的人,到时候他会不会孤单?

就这样一边想着将来的事一边在墨尔本大学的草坪上吃完了午餐,孩子们又跑去草地上玩耍了,时间过得飞快。多年以后,孩子们是否会记得这餐饭呢?

管他记得不记得,我们又带着孩子们到"国立美术馆"去看梵·高的画展了。这是全世界首个梵·高个人作品展,展出了梵·高的四十幅油画作品和二十五幅素描作品。

这次画展的名字叫作"梵·高与四季"。

我跟嘉嘉说,妈妈带你来看梵·高的画展,他说,我还想看齐白石爷爷和莫奈的!听到他的回答我都震惊了,看来幼儿园还真是学了不少东西呢!

可是,没想到他的困劲儿上来了,排队买好票刚进门就睡着了,然后就一直睡到我和三儿两个人分别看完画展。我心里觉得有点遗憾,但对于他来说,这辈子总有机会再看到梵·高的作品。

接着带孩子们来到了墨尔本图书馆。几层楼满满的都是人,看书的,上网的,做作业的,还有讨论工作的。喜欢这样的氛围，于是也找了个空位置，坐下来开始写这篇文章。

左手边是个印度人，正在使用电脑看着短片。右手边是个白皮肤黄头发鼻梁高高的美女，在用电脑查着什么信息，也在咳嗽。不知道什么原因我的位置并没有电脑，拿出随身携带的 iPad 刚刚好。感觉有点像回到了上学的时候。

初中和高中都有一段时间每个周末我都会去图书馆自习，每个周末人都很多，要早点去排队抢位置。可那个时候又把多少心思真正地放在了学习上呢？都是和朋友相约聊天玩耍，或者谈恋爱。

不知道为什么，想到这些的时候我总是会想我的孩子们长大了会如何。他们是和伙伴们一起结伴去图书馆还是独自前往？会选择把自己泡进书海还是打一个小小的瞌睡？要是突然电话响起，看到我致电而来，会犹豫着挂断还是接起电话轻轻说：妈，我在图书馆？

突然就觉得好像我们的分别就在眼前了，他们很快就要进入青春期、叛逆期，然后开始谈恋爱，开始对我有秘密，开始烦我，开始不愿意和我说话。我会变得越来越唠叨。他们会有恋人，心思全在对方身上，可能很久才通一个电话，很久才回一次家。

这些我都理解，毕竟曾有那么一段时间，我也这样。

我不想和孩子们渐行渐远，但过来人跟我说，这好像是不可避免的。

越这么想，就越觉得现在在一起的时间太宝贵太需要珍惜。起码现在，我还是他的整个世界，他困的时候还想趴在我怀里睡，他伤心的时候还希望我能抱抱他，他玩得开心的时候还会跑过来跟我说，妈妈我爱你，然后拉着我的手不让我离开……

想到这就越发觉得亲子旅行真是太棒了，这样珍贵的陪伴和相处在旅行中体现得淋漓尽致。我无比珍惜这样的时光，孩子们正义无反顾地长大着，如同我们义无反顾地在变老。

在这个过程中孩子也让我成长，让我幸福，让我倍感温暖与珍惜，看到这里，为人父母的你大概也是这么觉得的吧？

所以我可能要试着放下那些对于将来的担忧，不过早地开始感伤，好好珍惜现在的每一天，将来孩子有自己的路要走，到底是怎样的路也都是他自己选的，并不是我，而我能做的就是陪着他长大。

而将来，你陪不陪我变老都没关系。

要不要和孩子定规矩

前几天去嘉嘉的幼儿园观摩,感触还挺多的。他在幼儿园的表现比在家好多了,玩完玩具会收拾起来,还小心轻放到原位;画完画把画笔放在笔筒里,把画收起来,再把凳子贴紧桌子放好;吃饭的时候自己取餐,安安静静的,不玩闹,吃得又好又快,吃完还自己收拾。

其实嘉嘉算很听话的小孩了,可在家里也还是会弄得到处乱七八糟,有时弹完钢琴盖子都不盖就跑去玩,更别说还把椅子放回原处了;吃饭也尤其慢,本来想给他约定一个吃饭时间,吃得完就吃,吃不完就收走,可老人怎么能愿意,生怕饿着了孙子,后来也就不了了之了。

很多事情一到怕冲突求和谐的我这里都这样没下文了。不过说起来还是我没担当起做妈妈的责任来,很多事也是我自己没立场没坚持,不是别人的问题,当我看到嘉嘉在幼儿园的表现后真的意识到了在家里我并没有帮助嘉嘉养成好的习惯。

这阵子公公婆婆已经不跟我们一起住了，有时候三儿就陪着嘉嘉睡觉，早上也是他送嘉嘉去幼儿园。几乎每个早晨三儿都很焦虑，本来三岁就可以自己利索起床的小朋友现在开始各种闹别扭发脾气，穿衣服不舒服了，洗漱时哼哼唧唧了，早饭更是爱吃不吃的样子，三儿有时也是一肚子火，他说，嘉嘉这样到底是在磨炼我的什么呢？其实我觉得三儿能这么想蛮好的，他想的不是"孩子究竟怎么了"，而是在想"我应该做些什么"，这就已经是不简单的立场了。

我跟三儿说，其实问题在我们，尤其是我，如果我早上能早早起来给孩子们换着花样做早餐，跟他约定好起床穿衣洗漱的时间，他一定迫不及待地完成，并且对妈妈早上给他做的好吃的早饭满怀期待吧？

可能也是因为我们生活不规律，如果我们能合理地安排我们的家庭生活，让孩子的日常生活有规律有节奏，孩子就不会那么容易懒散、发脾气了。以前公公婆婆在的时候生活是规律的，但很多事情都是他们在替嘉嘉做，穿衣服、刷牙、洗脸都会帮忙，有时候担心来不及了还会给嘉嘉喂早饭，所以他们一旦不在，加上我们生活又不规律，他不适应，就会容易在早上发脾气。

三儿也同意我的说法，然后我还建议说，嘉嘉长大了，我们也可以开家庭会议来制定一下家庭规则了。

嘉嘉算是性格很温和的孩子了，我见过有的小朋友还会对父母大声喊叫，有的小朋友喜欢打人，还有的小朋友就喜欢搞破坏，但这些小朋友在幼儿园里都会很乖。嘉嘉幼儿园的老师说，因为每个小朋友都知道幼儿园里的规则，这个规则是小朋友们自己讨论出来的，是每个人都同意的，所以他们都会按照这个约定的规则做事情，如果小朋友们回到家，家里没有一些相同的规则约定，对于他们习惯和秩序的建立是不好的。

我很认同这一点，如果一个孩子在幼儿园和在家里是两个样子的话，那就不是成功的教育，曾经看到有一句话说：给孩子定规矩的目的不是遏制孩子的天性，也不是打击他的信心，而是鼓励他努力找正确的做法去做。为了让我们的家庭会议更有效地召开我也做了些功课，那就简单地跟你们分享一下我做的功课吧——

> 定规则要简单、具体；
> 要面对面地和孩子沟通，而不是命令式的；
> 态度要尊重，口气要坚定；
> 孩子表现好就要夸赞他，但夸赞的语言一定要具体，而不是似是而非的"你真棒"；

对于规则可以列个任务单，培养孩子的自觉力；

执行规则时要坚决，言出必行。

好了，接下来我就要从衣、食、住、行四个方面来跟嘉嘉商量制定我们的家庭规则了。和他定规则的目的是帮助他养成好习惯，争取让他每天早上自己完成所有的事情还不发脾气，让他在家里也好好吃饭，让他懂得心里有别人，其他的也想不起什么大问题了。嘉嘉总的来说还是个好孩子，只是要培养他在幼儿园里一样的好习惯。

持续学习如何做一个好妈妈

我正在忙着工作,嘉嘉跑过来说,妈妈我们一起玩吧。我说,你给妈妈二十分钟的时间,妈妈先忙会儿工作。他自己玩了一会儿,不到二十分钟又跑到我身边,要我陪他玩儿。可我有个需要八点准时发布的文章还没有完成,就有点着急,这个时候嘉嘉把我的电脑关掉了,我就对他有点不太耐烦地说,你再等等我呗!他有点忧伤地趴在我身上,头埋下去轻轻说,妈妈,你好凶啊。我对他说,妈妈是希望你能耐心地等我一会儿,学会不打扰别人。他抬起头看着我说,妈妈,谢谢你指出我做得不对的地方,我下次会记住的,对吗?

当听到他说这句话时,我反倒心酸自责了起来——

有一次,我正在书的扉页上写着送给朋友的话,他也拿起笔在上面画了一道,我说,不可以哦,他就又拿着笔在桌子上开始画。我又说,这样桌子会变脏的,他就用小指头使劲地蹭了蹭他画的那几笔,然后说,妈妈,干净了。我说,好的,然后低头继续写字。

他绕着桌子走了一圈，然后突然说，妈妈，我不高兴。我问，为什么呀？他说，你刚骂我了。

我放下手中的笔，让他过来坐在我的腿上，我抱着他说，妈妈刚才那样不是骂你，骂你是很凶的那种，就像上次我们在路上见到的那个妈妈对她的孩子大喊大叫那样，那才是骂。嘉嘉竟然还记得，说，是不是肯德基门口的那个妈妈？然后自己凶巴巴地学了学那个妈妈。我说，对呀，这样才是骂人呢，爸爸妈妈爷爷奶奶从来都没有骂过你，对不对？

小朋友到了四岁左右，开始渐渐有了自主意识，也会变得敏感起来，而且只喜欢听表扬，听不进去批评，身边的人也都习惯了对着孩子说，你很棒呀，你真厉害，你太聪明了这样的话，一旦对他们说你这样做不对的时候，孩子就会变得特别沮丧，觉得这就是批评、这就是骂，甚至不能接受。

我就很认真地和嘉嘉讲了讲批评和表扬，告诉他不能只听得进去表扬，还告诉他：批评只是指出了你做得不对的地方，你应该谢谢妈妈，每个人都会做错事，就像妈妈这么大了也会有做错事情的时候，妈妈也常常自省，所以你不要不开心，要记得我们都是在帮助你更好地成长。然后我教他说：妈妈，谢谢你指出了我做得不对的地方，我下次会记住的!

孩子是敏感的，特别是对父母的情绪，再细微他们都能感觉得到。所以当他趴在我腿上喃喃自语似的说出这句话的时候，我突然很难过，眼泪都快出来了，我觉得这一次其实是我做错了，不管他懂不懂，他都把妈妈的话放在了心上，也会把妈妈的不耐烦放在心上，而我，怎么可以对他不耐烦呢？！

后来，我工作完的时候他正在津津有味地看《贝瓦儿歌》，我就在他旁边一直叫"嘉嘉、嘉嘉"，还夺他的手机，然后问他：嘉嘉，你专注做一件事情的时候，妈妈这样子你会不会不高兴？他说，会。我说，那刚才妈妈说要工作，需要你等我二十分钟的时候，你一直这样对我，我就有点着急你理解吗？他说，嗯，我理解。我又说，不过妈妈对你不耐烦是妈妈不对，对不起，你不要记在心上好不好？他说，嗯，我要学会耐心等待。

这个小小的孩子呀，真是懂事得让人心疼。

这件事情看起来就这样圆满地结束了，也许下一次我们还会发生类似的情况，但我知道我和他都在进步。而我，要持续学习如何做一个好妈妈，因为母亲的态度对孩子来说太重要了。我要学会耐心，要懂得倾听，要多一些陪伴，最重要的是，我要在孩子需要的时候给他有质量的回应,这才会让他有双脚踏在大地上的感觉。

如果有个对你很重要、你很珍惜的人在你的面前,全神贯注地倾听你讲话,给你足够的回应,你会发现,这有多美好。而我们,就是那个孩子最珍惜、最重要的人!

给孩子很多很多爱，无论以什么样的方式

"女孩要富养"，我小的时候还不太理解这句话，觉得女孩子吃点苦也没有什么不好。后来长大了，看着身边的朋友，发现那些小时候被"富养"过的女孩子大多很自信，这种自信是与生俱来的，不是成年后通过自身努力而获得的那种自信。我呢，也不算"穷养"，但恐怕是没有"富养"过的女孩子身上的那种自信的。

我记得上高中的时候，有男生追我，在炎热的夏日午后，他每天都会出现在我上学必经的路上，给我一听冰镇过的雪碧。那个夏天，我就把这听雪碧放在课桌上，除了解渴降温之外还觉得美滋滋的，因为我们家从来不买雪碧，这也是我喜欢喝雪碧的由来，而也正是因为这听雪碧，我对这个男生好感度飙升。

还有一个男生，送过我裙子，还带我去吃过当时相当于肯德基级别的快餐，那时在兰州也是很高级的呢。没错，我对这个男生好感度也飙升了，哈哈，瞧我这没出息的样子。

所以我就在想，如果我家天天都有雪碧喝，随时都能吃快餐、穿新裙子，那我还能这么轻易被打动吗？

当我理解了这一点之后越发认同，如果生女孩，一定要"富养"，不能让她长大之后轻易就被人给打动了（本来想用"骗"的，但一想这词好像对那两个男生不公平，多年后我和他们还是好朋友，谢谢他们的雪碧、裙子和快餐）。

开始写这篇文章时我刚下班到一个餐厅等朋友，写了这么多后她到了，这是我们第二次见面，她是上市企业的老总，除了在自己的家族企业里工作还自己创了一个内衣品牌。我就问她：你属于从小"富养"的吧？她说：当然是啊。我又问：你刚出生的时候会不会你母亲还没开始创业，你也吃了些苦呢？她说：不会，我一生下来我们家条件就比别人好！

瞧，这就是"富养"的女孩与生俱来的自信！

我征求了她的同意后才写了这段，她说：你看，"富养"的我已经在吃饭了，"穷养"的你还在工作呢，哈哈。

有了女儿后我就很想把最好的都给她，给她买很多漂亮的小裙子，她想要什么我就尽量满足她，我也会给她很多的爱，带她去世界各地旅行，认识这个神奇多彩的地球，带她读许多许多的书找到精神的依靠和来源，也会让她像哥哥那样学习画画和钢琴，用丰富的心灵拥抱成长。

其实"富养"并不代表你要为她花多少钱，也不代表你一定要很有钱，你可以给她很多很多的爱，让她在爱里长大，她就是一个富足的小女孩。

我知道孩子们长大后终会离开，也许是距离上的遥远，也许是心灵上的独立。可不管将来如何，我都会努力给他们满满的爱和更多的陪伴。我希望我的孩子们长大后想起小时候只会觉得幸福，这就够了。

和孩子一起去旅行

现在嘉嘉六岁了,悦悦虽然两岁不到,但是他们跳跳颤颤的小脚,已经走过了许多地方:墨西哥、古巴、日本、帕劳、泰国、越南,国内也去了很多地方。

很多父母都会有这样的疑问:宝宝还这么小,带着他去旅行他会记得住吗?当初我带着这样的疑问问三儿的时候,他说,胎教还有用呢!

这样的回答你接受吗?其实宝宝在肚子里的时候,你去跟他说话聊天,他都是有所感应的,何况是出生后呢?

我和三儿人生中第一次带宝宝去旅行,是在嘉嘉刚十四个月大的时候,旅行的目的地是保加利亚,欧洲大陆上一个颇具风情的小国家,有玫瑰花、葡萄酒和新鲜的黑海烤鱼。我的嘉嘉可不懂这些,他只知道在每个经过的地方留下咯咯笑声,在每一个让他欣喜的地方激动地拍打着爸爸的脸，现在和他说起这些，他可要害羞了。

所以带他去看外面的世界一定会有些什么是存在他的记忆里的。

在墨西哥旅行的时候，嘉嘉感冒了，他不会记得因为感冒导致的不舒服，但他会记得"妈妈抱着我亲吻过海豚"。他还会问：妈妈，我们什么时候再去亲吻海豚呀？我独自带着嘉嘉去日本的时候，我喜欢樱花漫天飞舞的样子，本以为小男孩会没什么兴趣，谁知道嘉嘉在樱花树下也呆呆地看了好久好久，现在一到春天他还会常常说日本的樱花好漂亮。

除了孩子以外，大人也能在和孩子一起看世界的过程中收获很多。我们去海南的时候，悦悦还很小，"哥哥力"爆棚的嘉嘉就一路上照顾着妹妹。我真的很感动，本来带两个小孩子旅行比较辛苦，但当看到这些瞬间的时候，觉得再多的辛苦也值得了。

亲子旅行是孩子和大人共同成长的过程，我把这些旅行中自己的一些感悟分享给你们吧：

全心全意的陪伴

平常我们工作会很忙，只有节假日的时候可以陪孩子，也许节假日陪伴孩子的时候偶尔也需要处理工作，或者一边陪孩子一边习惯性地玩手机，但是旅行不一样，旅行时是连续好几天整天二十四小时的陪伴，那么多天你和孩子一直是在一起的，是全心全意的陪伴。你会发现，每一场旅行在以后的日子里都是特别难忘的回忆。

可以和孩子共同成长

带着孩子去旅行，跟随着孩子的视角，你自己的视角也会改变，对这个世界会有全新的感觉和认知。面对新的环境和体验，孩子们会比你想象中还出色，他们兴奋的样子会感染到你，你会找到在日常工作和生活中已经丢失的那份容易快乐的心境。

我们成年人经常会患得患失，不开心，但在小孩子的世界里，没有那么多不开心，他看到鲨鱼会开心，吃到热饭会开心，和妈妈在一起也会开心。你看到他开心的原因竟然那么简单，也会感到纯真的孩子是我们难得的老师。所以在旅行中我常常觉得嘉嘉就是我的老师，他教会我去享受每一个当下的时刻，而不会把之前的那些不开心的情绪带过来。

旅行中我们会收获许多快乐和喜悦，不过带着孩子不能像我们独自行走时那样任性潇洒，父母可要细心细心再细心，做好旅行前

的计划对孩子的旅行来说真的很重要,在这里我也把我的一些小心得分享给大家:

选择一处适合孩子们度假的地方

如果你的孩子大一点了,你可以和他交流下他对什么感兴趣,他有没有特别想去的地方,让他参与做决定。如果孩子还小,需要你来帮他们做决定的话,健康和安全是选择目的地最重要的考虑因素。

我觉得刚开始带孩子去旅行可以选择去海边。因为孩子都比较喜欢沙滩、海浪、阳光。如果你没有很多的旅行经验,可以选个舒适的酒店,找个海边,待在那里好了,因为孩子玩玩沙子就很快乐。

孩子越小相对来说限制就会越大一点,我母乳喂养嘉嘉到十八个月,当时因为我们要去非洲旅行,但那里需要打疫苗什么的我就觉得不适合带他一起去,所以那次长途旅行让我不得不给他断了奶。所以说,有些地方真的不太适合年纪太小的孩子去。

除了以上说的那些,选择旅行目的地的时候还需要考虑气候和季节,以及度假方式。你是想带孩子去海边度假呢,还是想要带着孩子去都市,去感受不同国家的文化?这些都考虑周全了之后,旅行目的地就会自然而然浮现出来了。

制定一个适合孩子们的旅行路线

虽然在旅行途中孩子们都会很兴奋,但如果频繁地换地方或者舟车劳顿,一定是不适合带着孩子一起的。可以让孩子用自己的方式去体验,你告诉他你们去的地方有些什么东西,然后来听听他的意见,可能和你的想法不同,但如果让孩子参与了每天的旅行计划的制定,他会觉得这是一个属于他的旅行。

在旅行时也可以多鼓励孩子和家长讲讲他的旅行经历与感受。嘉嘉喜欢画画,每次旅行我都会给他备着画画本与笔,让他记录下旅途中的美景或开心的事情。每天都能发现感兴趣和令他兴奋的事情,无论是什么,我都觉得旅行是成功的。

与他们提前约定行为准则

清晰的行为准则非常重要,尤其关系到孩子的安全时。比如不能在人多的地方乱跑,去任何地方之前都要告诉妈妈,公众场合不要大声喊叫,还有一些关于礼貌的行为举止的小约束，等等。但是"不要……不要……"这样的准则要少，否则孩子会记不住，也会因被约束而产生抵抗心理，同时如果孩子做到了要及时表扬和肯定。

不过话说回来，有时候，在旅行中你会发现孩子比我们想象的还要好。因为旅行会更好地培养他们的独立性。其实每次旅行嘉嘉都是自己收拾自己的行李、拿自己的旅行箱、背自己的东西。我们平时为孩子做太多事情，旅行中可以让他自己为自己做些事情。

陪孩子去旅行，会让他们形成更开放开阔的视野。有句话怎么说来着，身体和灵魂总要有一个在路上，精神成长有两种方式，要么通过阅读，要么通过旅行。这些精神上的培养会给他们打开一扇门，体验不同的文化，他们的内心世界也会因为旅行变得更加丰富，这些可不是课堂上可以学到的。

不过要说陪孩子旅行最大的意义，我想，就是留住那一点一滴与孩子共同相处的美好回忆吧。

此刻，我心里的柔软

清晨在黎里古镇醒来，四周很安静。过了没多久，公鸡开始打鸣，还有鸭子嘎嘎叫的声音。春江水暖鸭先知，这是古镇特有的温馨提示。就是这样的一个早晨，恍若回到童年的宁静。

悦悦在洒满晨光的床幔里抬起头来。我打开房间里通往庭院的门，有风吹进来。庭院很大，铺满了石子，若不是院子中间有棵枇杷树，真的有种荒芜的感觉。若是民国时期这里是怎样的一番景象呢？

我们这次住的老宅子建于民国初年，距离现在很多年了。小院是三进三厢房的两层小楼，是江南民居普遍采用的"四水归堂"的构造，类似于北京的四合院，中间的小院子用于集水和采光。

我带着悦悦住在一楼中间小院子的后面，三儿带着嘉嘉住在我楼上，朋友一家四口住在楼上更大的一间里。很喜欢他们房间里的两个大榻榻米。盘坐在茶几两旁的榻榻米上，沏一壶茶，和朋友闲坐着聊聊天，也是很惬意的时光。我让管家帮我在榻榻米上铺了床单，这样孩子们就可以在上面睡觉了。

只要是出门住一晚我们都会把它当作小小的旅行，孩子比大人兴奋。尽管只是一天一夜，孩子们却都很享受。路上嘉嘉一直用推车推着妹妹，他有时候还会叫悦悦"宝宝"，他说，宝宝，宝宝，你看大公鸡！我和三儿跟在后面，心里真是柔软极了。

常有人问我旅行的意义，其实哪有那么多意义。孩子和我们相伴的旅程就那么长，孩子和孩子之间也是。在他们还需要我们的时候能多一点陪伴就好了。

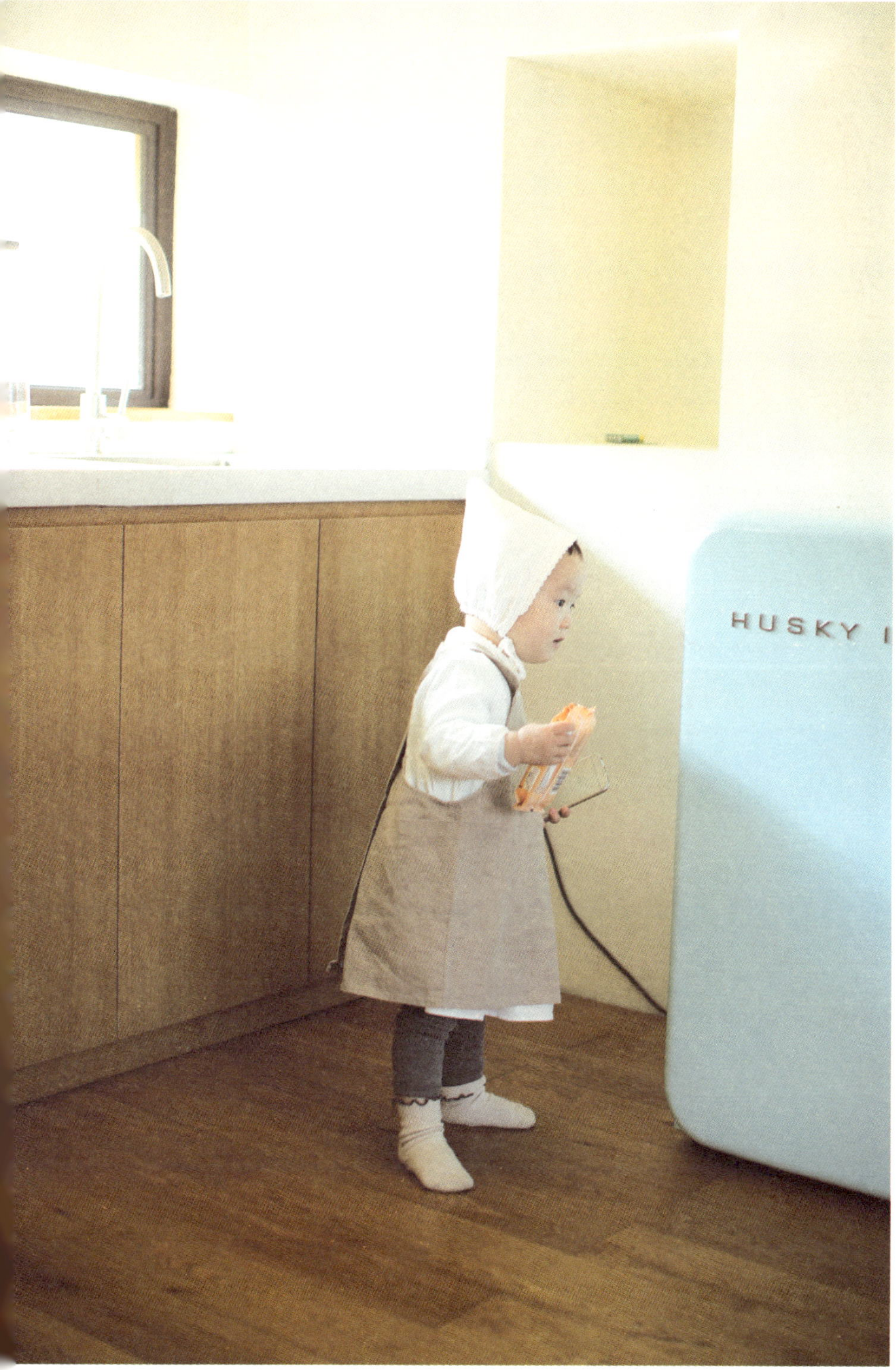
HUSKY

亲爱的遇见

第四部分

PART 4

我们生命中的每位过客都是独一无二的

他们会留下自己的一些印记

也会带走我们的部分气息

我需要你

我生命之树的种子

就像需要和平、爱与健康一样

无论现在还是永远

有人会带走很多

也有人什么也不留下

这恰好证明

两个灵魂不会偶然相遇

——博尔赫斯

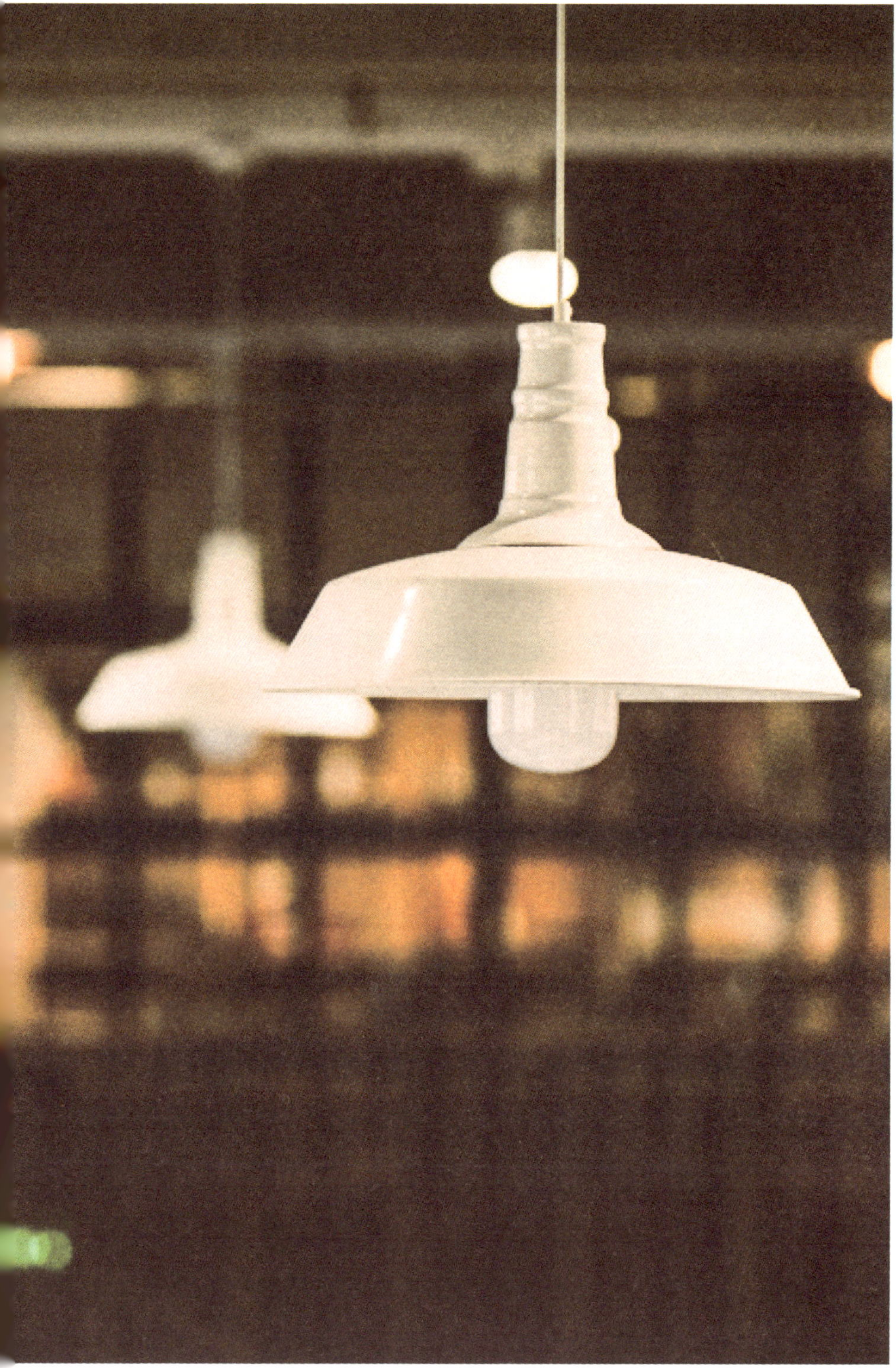

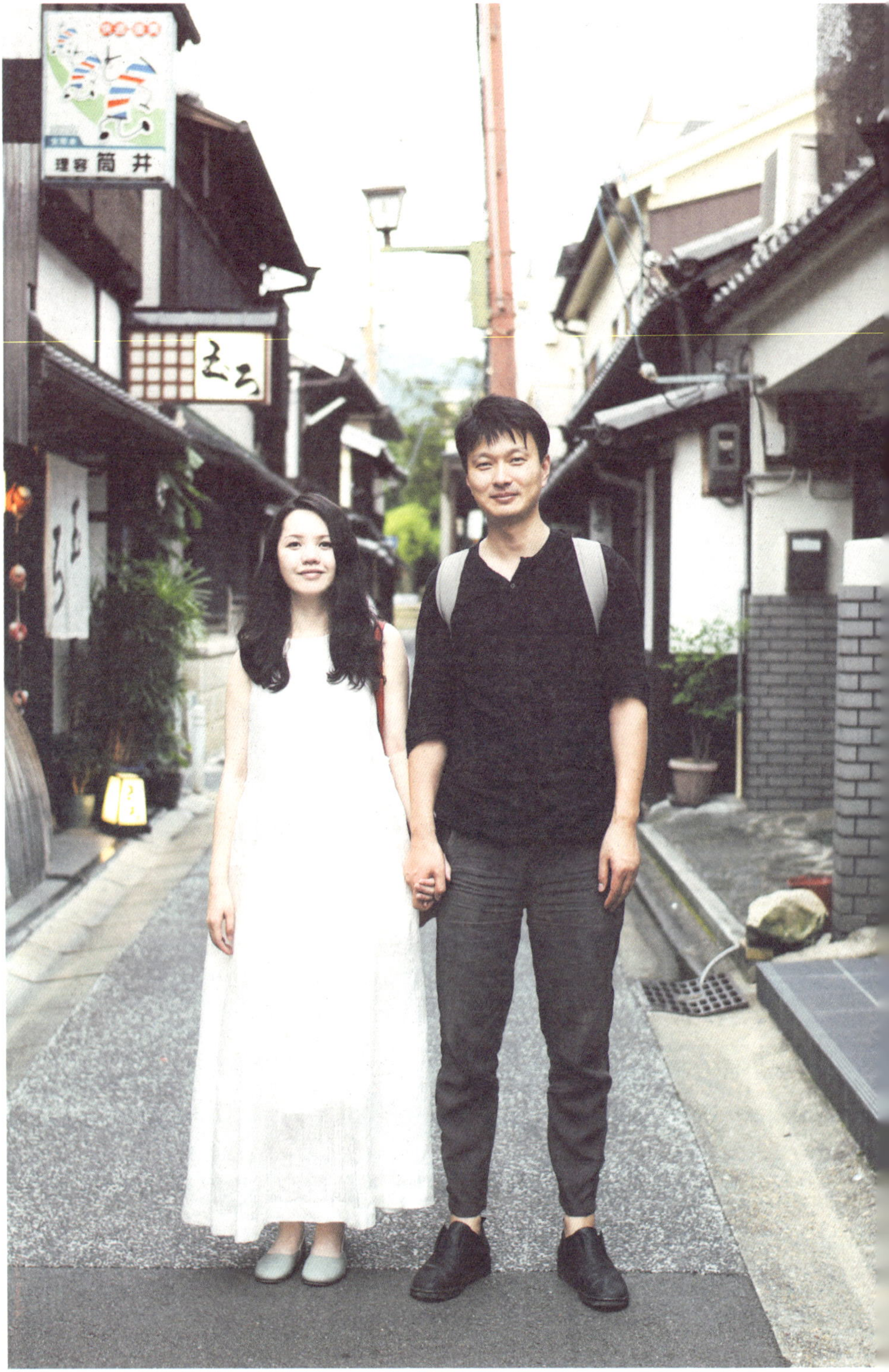
理容 筒井

亲爱的 ^Meet

遇见

PART

4

亲爱的

遇见

—

持续学习做一个温暖的人

重要的是学会关心和爱惜别人。

旁观世间，也旁观自己。

"如今,对每个人能够看到他们隐隐闪烁的苦难和幻觉,由此反观自己,没有什么是不能接受的。"

"当我们遇见,

应该找一处地方,

看花、喝茶、并肩坐着,

说些絮絮叨叨温柔而轻声的话。"

只愿在时间中慢慢成为温暖的人。人最佳的状态是善意、干净、明亮、有香气。

"世味薄方好，人情淡最长。"

"是的,远离虚词,以'当下'为家。唠叨不休的争论哲理,不如好好欣赏眼前的一棵树,嗅一嗅那木质的芳气,听一听风起时银质的枝叶拂动声,这才是人生。"

"你们要分外地殷勤。有了信心，又要加上德行；有了德行，又要加上知识；有了知识，又要加上节制；有了节制，又要加上忍耐；有了忍耐，又要加上虔敬；有了虔敬，又要加上爱弟兄的心；有了爱弟兄的心，又要加上爱众人的心。"

我的父亲

夜里梦见被父亲唠叨,他对我说:你都二十二岁了还看漫画书!我正想反驳说,我三十多了好吗,却突然意识到这是在梦里,就对父亲笑了下没说话,然后梦就醒了。多想回到二十二岁,即便那时经常被父亲训斥。

最近睡眠一直不是很好,从来不起夜的我常常在夜里醒来,醒来后就久久不能再入睡,那晚醒来后仔细回想了下从小和父亲相处的一些事,眼泪便默默地流了下来。

其实我和父亲的感情并不好,他希望我是个男孩,当知道又是一个女孩后除了生我妈妈的气就是无意识地冷落我。父亲不苟言笑,非常严厉,我很怕他。等我在乡下长到三岁回到父母身边时已经开始慢慢有记忆了,但是记忆中我们之间没有过父女间的那种温情,更多的是对他的恐惧。真的是恐惧,我和姐姐自动在心里把害怕升级成了恐惧,在父亲面前做每一件事我和姐姐都小心翼翼,战战兢兢。

小时候我们一起坐在硬板凳上看电视，有时候时间长了屁股痛了想换个姿势都不敢动，我姐就一边看着电视一边偷偷注意着爸爸的表情，慢慢地想要在不知不觉中悄悄变换个姿势，而我，如果想要站起来离开座位都要做很长时间的心里斗争和自我谈判，然后抱着豁出去的心勇敢地站了起来。但其实，我和姐姐大大方方地换个姿势或者轻轻松松地站起来父亲也并不会责骂我们，可对当时的我们来说，实在是太忐忑了！

我和姐姐在家不敢大声笑也不敢在被责骂的时候哭，两个人在家也常常只说悄悄话，遇见好玩的事情就捂着嘴笑，生怕被爸爸听见，然后越是这样越是笑个不停。

后来我开始变得调皮，常常被父亲罚跪或者蹲马步，还不能哭，每当这个时候姐姐就陪着我一起。

上小学的一个冬天，妈妈出差在外地，因为我不吃葱只是问了刚做好饭的父亲一句面里有没有葱，就被父亲一巴掌连人带碗地打倒在地（好像也没这么夸张，可能我又自动升级了），不再让我吃饭了，让我滚出去。我站在楼道里的墙角前一直哭，那面墙壁早已经被因为时常需要"面壁思过"的我画花了，那次我哭干了眼泪狠狠地决定"滚就滚"，然后，我就离家出走了。

幸好从来就爱去学校的我有班上的钥匙，我就把桌布铺在暖气上趴着睡了一晚，姐姐找了我一晚上，还去黄河边找我了，怕我想不开跳河了什么的。第二天我照常上课，然后被三姨接去她们家住了一阵子，等父亲不再生气了再回去。我一直记得回家的那天，父亲躺在沙发上有点疲惫的样子跟我说，以后别离家出走了。我很想跪在他面前说我错了，可我并没有。

这件事情很快就过去了，似乎也没影响到我们父女之前的感情，没变好也没变得更坏。

我到了青春期之后开始变得叛逆和倔强，父亲脾气越来越差，开始常常喝酒，喝醉之后把家里人挨个儿骂一遍，可那个时候的我已经不再怕他了，也开始敢跟他顶嘴了。

有一次父亲和母亲吵架，我为了维护母亲和父亲起了冲突，他拿着拖把就向我抡过来，后来索性抄起小板凳把我摁在床上，混乱中我挥舞着双手，"啪"的一下扇了父亲一巴掌，父亲呆住了，然后松开了我，也慢慢地放下了手中的小板凳。我不知道如果我不挣扎那一板凳到底会不会落在我头上，但我知道我那一巴掌打在了父亲的心上。

这件事我们谁都没再提起过，我也不知道父亲现在是否还记得，因为在漫长的岁月里我们几乎不交流，直到我大学毕业后逃离似的离开这个家。

逢年过节回去的时候我会带或多或少的东西给父亲，有时候留一点钱，父亲开始都会很客气地拒绝。父亲老了，因为常年喝酒行动也变得迟缓，我偶尔回家去他会步履蹒跚地去外面买回各种我喜欢的小吃，我知道父亲是欢喜我回家的，可他从来没说过，我们有时也还是会觉得生分。

平常我们也很少联络，我偶尔打电话去家里，他接到电话就转交给母亲，我最多来得及说一声注意身体，父亲慢吞吞地说，好。

上个月姐姐打电话过来说父亲一个人摔倒在卫生间了，她中午去取东西的时候父亲已经在卫生间躺了一晚上了，自己根本起不来。没想到紧接着第二天父亲在家里又摔了一跤撞破了头，姐姐叫了救护车把父亲送去了医院。

父亲在监护室的那几天我常常在做着别的事情的时候眼泪就不自觉地流了下来，虽然我以为自己没爱过父亲，甚至恨过他，可一想到万一他要是有个什么三长两短我还是完全无法接受。

姐姐一个人忙前忙后地照顾父亲，我却因为身体原因帮不上任何忙甚至回都回不去，有时候想想远嫁的女儿真是不孝，我们可以十几年来说不上几句话，我们可以不拥有像别人之间的父女温情，可至少在你生病的时候我希望自己能为你做一点什么，可我什么也做不了。

过了几天父亲身体状态好了一点，姐姐把我的电话递给父亲，父亲只是"喂"了一句，听到我的声音便伤心了起来。姐姐说，父亲住院的这些天虽然身体很难受但还都算平静，怎么一听你声音就情绪激动了？后来我又打了两次电话，父亲还是一听我声音就哽咽，姐姐开玩笑说，这么看来父亲更偏心你呀！

我从小就认定自己是不被偏心的那个，但其实哪有不爱子女的父母呢？我不是个乖孩子，虽然我很努力地工作和生活着，但我好像从来没有让父母因为我而感到骄傲过，或者他们本来就不曾要求过我什么，只希望我能挽起他们的胳膊陪他们在路上慢慢地走上一程，可我也从来不曾这样做过。

长这么大，走了那么远的路，才发现最想走的是回家的那条路；恨了父亲那么久，才发现原来我深爱着他。

我的兰州

我是兰州人。

去年10月底,我和三儿带着嘉嘉和悦悦第一次一家四口回兰州。

离开兰州这么久很多东西却从未改变过,我最爱吃的还是牛肉面,我最好的朋友还是在兰州,我最惦记的家人都在这里。可我距离这里好远啊,远到一年只能回来一两次。

我时常会想起生活在这里的各种事情和那些在生命中留下印记的人,似乎从离开兰州的那刻起我就再也没有过如此深刻的感受。

可我竟然已经离开这里十二年了。这十二年里牛肉面也涨价了,好朋友们也各自有了新的圈子,父母也老了。说起父母就忍不住心酸,远嫁的女儿是不孝的,就在前阵子我给姐姐汇了父亲康复需要的钱,姐姐客气地说,感觉现在家里全是靠你了。我说,哪儿的话,我这么远什么都做不了,你照顾爸妈最辛苦。

我姐是个特别善良的人，我们之间原本没必要这么客气，我也知道她这么说就是希望我能安心些，可我比起她来真是什么都没有做。

昨天出门时在车上听着广播，话题是"你受过的那些伤"。有个人说自己小时候摔断了胳膊不敢跟爸妈讲，比起痛更害怕挨骂，只能躲在被窝里哭，后来半夜实在痛得忍不住了才告诉爸妈，果然被骂了一顿。

我听到的时候不禁莞尔，跟我小时候一模一样。现在因为自己有了孩子，时常会学习一些育儿的理念。有时候对比着自己的小时候，发现自己并没有得到一个看似正确的教育方式，也在了解了家庭带给一个人的影响后反复回溯自己的童年，企图找到家庭带给自己的一些性格上的缺陷，就好像自己受过多少伤似的。

前阵子上胡因梦老师的课，有个同学讲到自己的家庭。她小时候家里养鸡，有天有只小鸡落后了没回到鸡窝里，她就抱着那只鸡慌慌张张地往家跑，可越是紧张越容易出错，快到家的时候小鸡不小心被她摔死了，她被她父亲狠狠地打了一顿。在课上她回忆起那一幕仍然痛哭流涕，她说，那一刻她觉得她的生命连一只鸡都不如。此后的很多年，她都一直觉得自己从来没有被爱过。

所以家庭对一个人的影响真的很大。我的家庭其实也并不幸福。

父母争吵不断，母亲终日抱怨，父亲常年喝酒，醉了就把家里人挨个儿骂个遍。幸好我和姐姐可以从小互相陪伴，互相鼓励。我们除了在性格上有点自卑和懦弱外其他倒也还好。大学毕业的时候我逃一般地离开家，可是这么多年过去了，我却发现这里有我永远割断不了的根。

现在想想其实那个年代不都是这样吗？父母们每天都在忙于生计，他们有他们那个时代的悲哀和无奈。他们期待我们成为优秀的小孩，我们又何尝没希望过也能拥有一对完美的父母呢？

我们小时候父母无意打下的结，会在长大后经由自己的手被打开，即便无法避免家庭的结，我想至少要有余力和余心避免把这个结继续打下去。离开的这十二年间，我身上的那些结有的被我、被那些爱着我的人觉察到并打开了，有些依然存在，不过当对生命、对家有了更深的理解和爱后，终究会有打开和释然的那一天。

其实父母已经做得很完美了。因为是他们把我们带来这个世界，光是这一点已经足够我们感激。

前半生走过很多地方，唯有兰州让我每次出发前就早早激动起来，三五好友早早约起，每天吃什么也都安排妥当，甚至连麻将局都提前约好了，很像小时候穿好了新衣服期盼过年的那种感觉，这就是我的兰州，我从小长大的地方。

现在又踩在兰州的土地上，望着小时候骑着自行车穿梭过的大街小巷，一切都变得陌生了，但也仿佛离开兰州这么久很多东西其实从未改变过。每个地方的特殊之处藏在那些远离家乡的孩子身上，他们身上刻着家乡的烙印，不管是变成苏州人也好，还是美国人、法国人也好，根子里都改不了家乡的某些习惯。比如，我的饮食喜好，我对天气温度的感知，还有我对一碗牛肉面的深情。

说到牛肉面，你完全想象不到兰州人爱牛肉面到什么程度，那真是深到骨子里的爱。我认识的从家乡走出来的兰州人，他们能吃苦，能适应各种环境，唯一不适应的恐怕就是没有好吃的牛肉拉面了。艾青说"为什么我的眼里常含泪水？因为我对这土地爱得深沉"，当我能在外地吃到一口正宗牛肉面，也会是这种感觉吧！

"为什么我对着一碗牛肉面泪流满面，因为我对兰州爱得深沉。"每次回兰州，我必做的事情就是出门寻找好吃的正宗的牛肉面。之前看过一个帖子，上面列举了五十家不可不去的兰州拉面店，我点击进去看了看，发现自己几乎都吃过。

记得上次回家，飞机在中午到达，下飞机后我姐带着我们去吃了阿西娅，那里什么都有，羊肉面、手抓羊肉、酸辣羊杂、酸辣凉粉，当我挑起筷子把面条送进口中时,凌晨四点起床的疲倦不堪一下子一扫而光。回到家,陪我妈逛了逛菜市场,她又忙了一下午给我们做了韭黄饺子,超好吃,还是老味道。

兰州的味道,就是家的味道。

好想抱抱她

和朋友久未联络，以为她心存芥蒂。

上一次见面还是怀孕的时候，她带着孩子专程从上海来看我。那天刚好有点工作要忙，我就在她一进门时跟她说，我需要忙一会儿，差不多到八点，然后就自顾自地在电脑上工作着。两个孩子在一起玩，我婆婆和她聊天，我觉得好朋友就是这样，可以不用太客套，自在就好。

后来到了晚饭时间，我把手头的事放下边吃饭边和她聊天，席间我婆婆看嘉嘉吃饭吃得好，就说，嘉嘉你好棒呀。我跟婆婆说，你应该说，嘉嘉你吃饭吃得很好，要表扬他做得好的事情，不能夸他整个人。我朋友说，哎哟，我看你是看书看多了吧，至于吗？！我没说话。

过了会儿嘉嘉先吃完了就从桌子底下钻出去了，我跟嘉嘉说，妈妈来教你哦，你要是吃完了先离开的话可以跟大家说：你们请慢用。嘉嘉很开心地学了起来，还做了请的手势。我朋友说，你差不多就行了，嘉嘉已经很好了，你别太过了！我就有点不高兴了，直接对她说，你怎么什么都看不惯呀？

后来我们就有点争执了。也怪我，我说，我没觉得我的方式有什么不对或者让嘉嘉有什么不快，反倒是你，你叫你儿子吃饭叫了有十几次了吧？她说，你意思是我教育失败了呗？然后我们就都有点不高兴了。

还是怪我，我又接着说，三儿说你从北京到上海以后就没以前那么"正能量"了，有时候看你朋友圈都感觉到"负能量"。她说，你们还在背后说我坏话呀！我怎么"负能量"了？好，我现在是不配和你们做朋友了是吧？

后来她好伤心地哭了起来，说她都没去出差专门来看我，到我家后我连看都没看她一眼。看她哭得那么伤心我就跟她道歉，我公公婆婆一起哄她。她哭着对我公公婆婆说，反正你们就站在她那一边，怎么都是我不对！我婆婆看情形不对，就一直劝她，还找话题和她聊。但她还是哭完了整整一包抽纸。

天黑了她也没法走了，还是按原计划在我家住一晚。我们一起给孩子洗澡的时候我刚好跪在地上给嘉嘉脱衣服，就跟对面的她说，我错了还不行吗，你看我都给你跪下了。晚上我们和孩子一起睡一张床上，就算是和好了吧。

可能是我说朋友圈里的她感觉有些"负能量"，自此她都不在微信上和我互动了。我生了悦悦后也没见她给我点个赞说声恭喜什么的，我心里还暗暗有点怪她。她的朋友圈也不更新了，最后一条是关于她父亲的内容。

我想，算了，还是我来先问候一下她吧。于是我发信息问她：最近好吗？她说：不好。我问她：是叔叔身体不好吗？她才说她爸爸癌症晚期，现在是最后时期了。三天后，她跟我说：我没爸爸了……

我难过得不知道说什么才好，这些生离死别，真是无法承受的痛。在她需要安慰和帮助的时候我还怪她没问候过我。我还以为她仍心存芥蒂，原来是我自己太小心眼。心里特别难过，却又无能为力。

好想抱抱她。

这些年我来到苏州，一开始不愿意接触太多人，也没心思认识新朋友，和老朋友们的联系也越来越少。有时候会觉得孤单，但也不会主动打电话跟朋友聊天，总觉得会打扰到别人。就这样和朋友们越走越远，以为是不打扰但其实是少了对朋友的关心。

好在我主动问了问她，否则可能就此误会下去了。

有时候和好朋友或者身边的某个人会因为一些误会就渐渐断了联络。庆幸这些年虽然很少联络却没有再失去过在乎的朋友。以后要好好珍惜和关心每个朋友。因为总有一段岁月是在他们的陪伴下一起走过的，所以无比珍贵。

似是故人来

和嘉嘉一起看过一册绘本,讲述的是从树上掉下来的一颗种子,没有掉到陆地上而是因为地震掉到了河水中,这颗圆圆的种子碰到石头长出了脚,碰到水草长出了眼睛、鼻子、嘴巴和耳朵,它顺着河水展开了探险,一路上遇到了许多生物,蜻蜓、蝴蝶、螃蟹、鲨鱼,但所有生物都和自己不一样。小种子就继续往前走啊走,从川溪到了湖泊,后来又继续往前走到了大海,一路上最开心的时刻就是在海底遇到和自己长得很像的种子,那时候它觉得自己并不是孤单的,有同伴的感觉真好呀。

有时候我就像这颗孤单的种子,相信这世上一定有和我类似的人存在,我的一些想法不是荒诞而是正常,我的坚持也不是一意孤行而是值得鼓励与赞扬,我虽然和周围的人不一样,但总会有人和我一样。

和我一样的人,便是一路跟随的"绽友"。

有一年，"绽放"在北京国际设计周参展，"绽友"们竟然比我到得还要早，她们有的一早赶来送书给我们，有的带来了自己亲手做的蛋糕，还有人帮忙布置了展厅，平时大家只是在网上偶尔聊聊天，有的甚至都没说过话，但听说"绽放"来了北京都一定要来见面，我们第一次见面就如同故人一般。

莫名的亲切感。

以前我不太愿意见"绽友"，总担心大家把我想象得太好了，怕自己让对方失望。

当然现在也未必有多么自信，只是我想明白了，网上也好，生活中也好，都是这样的一个我。就像本来是"绽友"现在是"绽放"小伙伴的雀西王在朋友圈说的，"心灵相近的人儿就是这样，就算第一次见面也好似故人来"。那种初次见面的莫名亲切感原来即是心灵相通。

是的，"绽友"们本来就是一类人，这也是为什么大家初相识却都投缘的原因。在北京的展览上我第一次见到了这么多穿"绽放"的姑娘，真的被感动到了。从那之后，我们也尝试着和"绽友"们进行更多的线下互动，没多久，我们开始做起社群，线上的有"绽放微学院"，线下有"绽放花园"和"绽放之旅"。

"绽放微学院"的成立是源于一次"绽放之旅越南行"的线上分享，因为人特别多，我们在几天的时间里建立了近十个群，每个群都爆满，后来我们就把这些群改名为"绽放微学院"，每个群都像一个班级一样，都有"绽友"自愿地来做"班委"，每天会安排课程，每周有分享，时不时也有很多线上活动，"绽友"们聚在一起不亦乐乎。

在"绽放微学院"里很多人看到有来自同一个地方的"绽友"，她们就又聚到一起，于是就有了不同城市的群，我们把它叫作"绽放花园"。因为是同城的群，所以每个群都会定期举办聚会，每逢节假日大家还会一起郊游、出去玩儿。后来三儿还提出了"女主人计划"，就是每个人都有机会来组织一场聚会，因为我们相信每个人都有她的特长，有的人是编织达人，有的人烤的饼干比面包店的还好吃，有的人育儿经验丰富，每个女人也都有独当一面的地方，每个人都可以做"女主人"，在聚会中这些特长都可以分享出来，大家互相学习进步，可以看到一个更大更精彩的世界。

再来说说"绽放之旅"，因为我们是旅行女装，而且我和三儿一直热爱旅行，希望把这种生活方式也带给大家，所以会不定期和"绽友"们一起去旅行。如今和我们和"绽友"已经一起走过了十几个国家，每一次旅行都会遇见不同的人，也会有些"绽友"反复参加。

我们去到世界各地，在旅途中，我们看美丽的风景，感受不同的文化与生活，还有专业的摄影师给我们拍摄美丽的旅途照片，更重要的是，每次旅行都是一次成长，我们会通过各种活动与交流分享走进彼此，也用独特的方式发现自我，一起体会生活的滋味，探索未来的方向。有"绽友"说，能参加一次"绽放之旅"是她的梦想清单，那么期待下一次的旅程，我们携手一起。

其实我也没想到"绽放"的社群会一下子做得这么好，一时成为许多社群运营常提到的案例，也时常会有人问我如何经营社群，每次被问到我都不知道怎么回答，在社群上我们确实做了许多，但其实也没有很费心地经营过，一切都是自然发生。我想是因为我们对待每一位"绽友"都像对待老朋友一样，所以这个大家庭才会越来越好吧。和越来越多"绽友"近距离地接触后，我也发现，她们真的都好可爱。

我们办的每一场活动都有从全国各地赶来的"绽友"，她们都不是单独而来，而是穿着"绽放"的衣服结成一队而来。"绽友"们以前也不相识，因为喜欢"绽放"才成为了好朋友，每次听到"绽友"们相识的故事，每次看到"绽友"们相约结伴旅行，每次受邀参加她们的聚会，哎，怎么说呢，感动得一塌糊涂。

有时候想，哪怕她们有一天因为各种原因不再买"绽放"的衣服了，但因为"绽放"而收获了一些人生中重要的朋友，经历了一些生命里一次次感动的时刻，这也是一份温暖而值得骄傲的记忆吧。

每个人都渴望成长，渴望温暖，渴望有人能作为自己的后盾给予支持和鼓励。我希望"绽放"能成为这么一个有温度的后盾，哪怕它给姑娘们的温暖只是一点点，一点点。

芸芸和小曼

　　每晚都睡不了整夜觉，说来也奇怪，夜里只要悦悦有一点儿动静我都会醒，早晨悦悦被抱出去后我会补一会儿觉，在补觉的这段时间里却任何声音都听不到了，常常起来后才问三儿早上有没有去跑步。夜里容易醒是因为心里有事，想着要照顾好女儿，不能彻底地放松下来，所以一点儿动静都会醒，平常也是这样，有时候看起来正在沙发上悠闲地躺着呢，但脑子里全在想事情。想要彻底地放空一下，去旅行吧，短途旅行也好啊。

　这是我在朋友圈发过的一段话，记得刚发完，我的几个一同去过清迈的好朋友就在朋友圈躁动起来了，张罗着每个月争取去一个地方放空下，可是发现要约个大家都有空的时间还挺难的，但一起旅行的种子就这样种下了。

　短途的景德镇之旅，就是我和芸芸的一场说走就走的旅行。我在苏州，芸芸在杭州，中间恰好是布满陶陶罐罐的美丽瓷都景德镇。

说起和芸芸的相识，最初起源于微博。我们好像是在某个与孕期相关的微博上认识的，因为我们孩子的预产期很近。她儿子卡卡比嘉嘉大两个月，她女儿小艾比悦悦又大两个月，认识后她开始买"绽放"的衣服，变成了"绽友"，她还建了一个"绽友集市"群，每天都很热闹，大家都跟我一样很喜欢她。

我后来才知道我们刚认识的时候她正在先生的家族企业里做事，每天很卖命地工作，想要证明给公公婆婆看这个儿媳妇很能干，但实际上工作并不得心应手，压力也蛮大的。芸芸每天都不开心，从中央美术学院毕业学过美术的她拿起笔来却不知道要画些什么，她觉得之前生活里丰富斑斓的色彩不见了，变成了日复一日的单调黑白色。

她也有过想要改变的念头，但最终因为怀孕而不得不继续过着这样的生活，就这样，在办公室打发无聊时间的一个下午在微博上看到了我，她就翻了翻我的微博，发现我正过着她想要的生活：有喜欢的工作做，也有说走就走的旅行，还带着孩子去到全世界各地旅行。她说，她当时感觉上帝给她开启了一扇新的门。

之后，芸芸也开始尝试带儿子做一些短途旅行，也开始悄悄地买"绽放",慢慢地,她再也不爱穿紧身衣服了,芸芸说,有一次她先生很好奇,问她为什么现在爱穿这么宽松的衣服了,她说,身体自由了,灵魂也会跟着自由。

说这话时芸芸笑了,透过她的笑容,我好像看到她穿着"绽放"的裙子在田间奔跑,裙摆被微风拂起来的样子。她本身就拥有最珍贵的东西,无论被什么束缚着,这些东西都不会改变,比如她对美的追求,对植物花草的热爱,对所有自然之物的感知力。有对一人一物的爱意在,人就是活泼而有力的,更何况她热爱的是自然万物呢?

终于,在儿子两岁的时候,芸芸顶着压力从家族企业里逃了出来,下定决心独立创业做自己喜欢的事情。没过多久,芸芸创立了自己的花艺品牌,到今天越做越好,每天忙忙碌碌虽辛苦却很有成就感。自己的状态和小事业越来越好的同时,她的第二个孩子小艾也降临到她的生活中,和我分享完她的喜悦不久,悦悦也来到了我的身边。

在芸芸跟着"绽放之旅"去完清迈后,我们就成了好朋友,那次她一个人左手抱着孩子右手拿着单反拍照的"女汉子妈妈"形象让我印象深刻,她身上的美是柔和而独立的,作为母亲又有着强大的力量,这次短途的景德镇之旅也是她独自一人带着两个孩子从容出发。

景德镇的短途旅行美好得让人难忘。在景德镇，我们见到了在网络上相识已久的朋友小曼，小曼推荐了我一家民宿，环境很舒服，还原了整个景德镇的感觉。每天睁开眼透过木质窗子看外面郁郁葱葱的光影，我就怀疑自己是不是穿越了，回到了过去某个朝代，时间也仿佛变慢了许多。有天傍晚我和芸芸还有小曼坐在屋檐下聊天，然后我们说，来合张影吧，那张照片别人说我们三个像极了旧社会的姨太太们，哈哈。

前两天，小曼回到当时我住的地方去喝茶，拍了照片，还是熟悉的场景，只是我和芸芸不在。好想念那些天和傍晚的光，想念朋友们围坐在一起喝的那壶茶。景德镇，我还会再去的。

老村长

我和三儿的遇见在十三年前,这么凭空一数,真让人觉得时光走得毫不留情。

十三年前三儿从俄罗斯留学回国把行李寄存在了北京,便买了一张开往大西北的火车票一路摇摇晃晃逛荡到了兰州,那会儿我刚刚失恋,就在酒吧遇到了三儿。

当然不是因为失恋去买醉,是三儿在俄罗斯留学时的朋友恰好是我的初中同学,我的同学为了给远道而来的"贵客"接风洗尘展示一下兰州人的豪爽热情,再顺便为这位单身游客介绍些新朋友,我俩就这样认识了。后来他想要拍一部纪录片,我们几个朋友就开车送他去了乡下采风的地方。

在我们刚刚相遇的那段时光里,我与她还有几位朋友一起去了兰州南部那个叫临洮的县城。已经记不得为什么要去，但是我们爬上了绵延的黄土高坡，走进了一个坡上的村子，那里是秦长城的尽头。我们在那里迎接远方涌来的风，倚在几千年前的城墙上说悄悄话，然后就离开了。

那时刚回国的我特别想拍一部中国风情的纪录片，于是就回到那个村子，在村长家住下。一周多的时间里，我与村长聊天，搭手干干农活，走十几里山路去赶集，傍晚在土炕上彻夜看书。我记得在月色清冷的冬夜，我裹着绿色的军大衣走在长城边，似乎闻到了战国时的烽烟，也迷失在毫无方向的未来。十三年过去了，我与那位和我一同走过长城的姑娘结婚生子，生活在江南水乡的苏州，做着自己热爱的旅行女装品牌，过着平淡又不乏精彩的小日子。

这是三儿的记录。

可能也是在那段绵延的黄土高坡上，我开始对三儿有了好感，他也从刚开始对我的一见钟情到决定为我留下来。后面的故事就像大家看到的那样，三儿为我留在了兰州，等我毕业后又跟我去了成都，后来我又为他去了北京，再后来我们回到了三儿的老家苏州。

那年三儿穿着军大衣在村长的院子里拍了张照片。我们虽然辗转各地不停漂泊，但当年那些照片仍被好好地保留着。现在我们家二楼的书架上就放着当年两个人在临洮一起合影的照片，那也是我们的第一张合影：三儿低着头站在我身后，我紧锁着眉头望着远方。

再回首望望走过来的路，一切都发生得自然而然顺理成章，中间却有无数值得拎出来的回忆，回忆里面有泪水，有放弃，也有笑容和怦怦直跳的心。我和三儿第一次见面的场景到现在我们都记得很清晰，就仿佛昨天才刚刚遇到一般，不知道这种"恍如昨日"的初相遇的感觉等到我们八十岁时，回味起来会不会还是一样呢？

在十三年里，我们曾不只一次想回临洮去找老村长，看看当年的村子变成什么样子了，他的孩子们又在哪里。

趁着回兰州，我们就想带着"绽友"重走这段古长城，找老村长也是其中的目的之一。但是找老村长并没有想象中顺利，三儿就记得十三年前村长家不远处有一段古长城，可临洮有好多段古长城啊，所以帮忙的朋友找了好几个村子都没找到。

巧的是那天三儿提前到了临洮去找村长，整整一天都没有任何线索，就在太阳落山快要放弃的时候，遇到了一位刚下地回来的人，打听村长的时候才知道刚好是村长的侄子，这才最终得以相见，你说这缘分巧不巧？

我们如约来到了老村长的家里，老村长准备了很多吃的，三儿之前怕给他们添麻烦就打了点钱给村长，结果被村长退回来了，村长说，人的一生情为何物，真情不能用金钱衡量。我们就按照风俗直接带着烟酒去叨扰了。

老村长说，这些年也一直想找三儿，但是当年没手机也没电话，完全不知道怎么联系，前阵子刚好又想起三儿来，没想到过了几天就真的见面了！

当我们看到村长家的墙上还挂着三儿当年给他们一家人拍的照片，当看到村长和嫂子为我们用心准备的饭菜还有他们淳朴的笑容时，我们都觉得特别感动，这是一份穿越十三年的感情。

十三年，对于那段古长城悠久的历史来说仅仅是一瞬，但对于我和三儿，对于村长，对于那个村子，对于阅读这本书的你，都应该发生了很多很多。无论时光如何不留情地往前走，人的时间限度相比于宇宙的时间限度都太短暂，还请顺着命运的走向拼命吸纳遇到的真情吧。

也许下一个十三年后，我们还会回到临洮的老村长家。

胡因梦

那次从景德镇回来的第二天清晨,我又带着悦悦在雨中继续出发,来到西山一个叫作缥缈轩的地方。我来上一个七天八夜的课程——临时有一个名额空出来刚好被我看到,才有幸能来。

这是我第一次见到胡因梦。短发的她穿着白色袍子,配着素色条纹阔腿裤,搭着一条驼色的羊毛披肩,赤着脚微笑走进教室。清瘦的她有着优雅的气质,还有强大的气场。那是我爱的样子,也是我不可及的样子。

在来之前,读了她的自传《生命的不可思议》,她曾是著名的电影明星,在事业最辉煌的时候选择了息影。书还没有看完,但从她的演讲中知道,她之所以息影是因为她发觉那些都不是让自己真正快乐的东西。在经历了产后抑郁和五年的失眠后她偶然接触到了克里希那穆提,他的洞见已经探照到人类意识的底层,也正是如此突然,克里希那穆提的思想点亮了她的心,此后她走上心灵探索之旅。

也许不经历痛苦便不会有遇见，没有深刻过便不会有觉知。我上的胡老师的课就是关于觉知的，是生命、身心灵深度的探索、觉察、疗愈和转化。

其实在这之前我完全没有了解过这些，在朋友圈看到课程信息时也只是想自我学习和提升，可上完课后发现其实我压根儿都不了解自己。之前我有朋友跟我说胡因梦算命可准了，嘿，那是占星好吗，也就是透过深度业力占星学和奇妙的人类图来理解每个人的因果制约和才华潜力。

是的，胡老师帮我看了我的星盘，也顺便看了三儿的，跟我讲了一个多小时，这还是我第一次从另一个视角去看待生活中我和三儿的联结与分歧。有时想想是我们根本不懂自己，从星盘上来看，我需要更多地依赖三儿，但也有同学是需要克服依赖学会独立的，每个人命运都不同。

那次课我们班一共有三十来人，每个人来的目的都不同，有些人是来疗愈的，有些人是来探索人生方向的，可这些都需要我们先有自我觉察，也就是觉知。这一场身心灵的整合课程让我们意识到每个人都是那么不同，每个人都带着各自的伤痛在自己固有的模式里生活了很多年，有的人学会了伪装，有的人总是在发泄，有的人默默承受着一切。

除此之外，每天早晨还有金铭老师的瑜伽课程，是极为简易而有效的回春瑜伽，也是古老的藏秘瑜伽。瑜伽回春功五千年来一直是由喜马拉雅山里的藏秘寺庙所保存的，西方人在五十年前发现了它。它只有五种简易的体位，却能够在短时间内平衡脉轮能量，改善内分泌系统，让退化的生理机能重新恢复活跃的功能。据说持续练习可以让人变得越来越年轻，身心的感觉也会越来越舒适，这套瑜伽课程我现在偶尔还会练习。

七天八夜的课程结束时三儿带着嘉嘉来接我，当他来到教室时同学们都鼓掌欢呼起来，因为每个人都已经很了解他的星盘了，就像老朋友一般。分别的那一晚，我带了几件"绽放"的衣服追出去送给胡因梦老师，胡老师在雨中对三儿说要学会聆听和融合，我则是要学会深度沟通，然后祝福我们。

那次分别后，才知道我们和胡老师的缘分才刚刚开始。

后来我和三儿又一起参加了胡老师的亲密关系工作坊。其实很感谢三儿和我一起上课，因为我在朋友圈问过，几乎没几个先生愿意和老婆一起上这个课的。去年那场深度整合课程上，胡老师跟我说，我接下来非常重要的议题就是亲密关系，而这又不仅仅是我一个人的功课，所以知道有这样的课程后我就立马给我和三儿报了名。

胡老师上课的时候有点威严，但课下她和大家一起吃饭时说说笑笑的样子简单快乐得像个少女，我在旁边看着胡老师，心里感叹着，真好啊，真美啊，我到六十岁时可以如她般清明就好了。

话说回来，亲密关系是每个人一生中都要面对的重要议题。不管你的自我认知是什么，伴侣就是你最好的镜子。胡老师说，伴侣并不是来一味满足我们的期望、需求和幻想的，他（或她）其实是来转化我们顽强的惯性模式，帮助我们成长和朝着更高的层次去发展的逆增上缘。

胡老师花了整整一下午的时间来分析我和三儿的关系，并给我做了两个家庭排列。家庭排列（Family Constellations）是德国心理治疗大师伯特·海灵格经过三十年的研究发现发展起来的，是心理咨询与心理治疗领域一个新的家庭治疗方法。

那天胡老师讲了许多话，我当时有点懵，可是回来后慢慢地再想一遍所有内容，豁然开朗。比起我的觉醒，三儿可能更为迅速和全面，因为像他这样骄傲自负的人居然都跟我说，以往是他做得不够好，以后他会多听我的话，要谦卑地对我臣服，我很惊讶。

亲密关系的课程结束几天后，我们和胡老师一起看了一场电影，那天刚好是她的生日，在观影结束大家讨论得差不多的时候，我悄悄关掉了房间里的灯，胡老师疑惑地问，这是要做什么？然后音乐响起，点着蜡烛的蛋糕推了进来，屏幕上开始放起学生们给胡老师的生日祝福，整个场面温馨又感人。后来，生日宴会就变成我们几个人的KTV，每个人都上台献了歌，胡老师也唱了歌，简直太动人了。

三儿在认识胡老师后整个人变化特别大，他和胡老师也很投缘，几乎把胡老师翻译的书都看完了，也深深迷上了占星，后来他又单独去上了我之前上过的七天整合的课程。那个时候他的腰旧疾复发，可他还是坚持去了，并且成了整个课堂上唯一一个男士，还是躺着的……

在他躺着的这些天里，他一直在思考胡老师的话，对于三儿来说，接下来的课题是打通与母亲的联结，不再孤立、苛刻，要学会宽容、同情与柔弱，去建立深刻的亲密关系，融入利他的团队与事业中去。

他也真的在朝着这个方向努力转化中。认识胡老师后，我和三儿的变化都特别大。感谢胡老师。

有天和胡老师一起吃饭，我们讲到前世今生，突然想到这段话：

在无始无涯的轮回中,这一世亲人的相聚犹如空气中飞舞的尘埃偶尔相触,转眼就是分离。其后各自循业流转,相见无期。多少恨多少纠结,终归于两两相忘。不如宽容相待,珍惜尊重吧!

忍不住动容,湿了眼眶,越发觉得不管亲人也好,朋友也罢,在这一世能相遇都是太难得的缘分,每个人的出现都有意义,我们和胡老师的相遇也如此。

冯海

那一年我在银行工作，实习了整整一年后才转正；那一年我男朋友离开成都去北京做了"北漂"，没稳定的工作，居无定所，但他说，你辞职来北京找我吧，我不会让你睡马路牙子的。我想离开银行一成不变的工作和独自一人寂寞的生活，可心里却没底，很矛盾，不甘心却也没勇气改变，一直踌躇不前。

我每天利用业余时间自学设计，开始兼职给饶雪漫做一些插图和书籍装帧的工作，冯海是雪漫《左耳》的编辑，也是雪漫的朋友，我们就这么认识了。记忆中我们似乎并不是很熟络，平常也很少联系，不知道那天是为什么我们聊了很久，她跟我说了很多话。

当我再次看这些话时，真的是感激涕零，这些话给了当时踌躇不前的我莫大的勇气，这勇气让我冲破重重阻碍从银行辞职，离开成都到北京打拼，这勇气让我成为今天的我。

十二年前,她对我说——

一定要随着自己心灵的引领走每一步。实在受不了了就换个地方。人不能受太大委屈。换个自己最想去的地方,重新开始就好了。否则等老了恐怕会后悔年轻的时候没有早点搏一把。

你又美丽又有才气,可以成为非常棒的设计师。千万要有信心。灵气是设计的灵魂,那些学了一辈子的人,没灵气一点都不行。你已经够年轻啦!真是的!

不过也可以少安毋躁,在现有的环境里先打开一点局面,成为一个有固定客户源的设计师,如此再换任何地方都是可以的。你能行的!你太出色了,要找到属于自己的地方。

人生就是要在年轻的时候创造一点奇迹。会越战越勇的!经历过之后才发现没什么大不了,没什么过不去的。人一定要将自己置之死地而后生。会有出路的,但你要勇敢往前闯。

如果实在想要改变一下,就尽量先做好准备工作,先尽可能地找到一个靠谱的去处。有句话说,零风险就是最大的风险！你可以先做自由职业，回头我尽可能从我同事那里介绍一点业务给你。

妹妹，你要好好选择一个男人，然后好好听你选择的这个男人的话，毅然决然地相信他，支持他，陪伴他。而且面对挑战是非常美好的感觉！一定要选择。其实一切都说不准，没人能说明天会发生什么，但是你可以选择，选择相信他还是放弃他。

要选择他就一定要相信他，而且要选择相信自己，要选择精彩的人生，而不是懦弱的人生。

你要嫁给一个男人，就一定要离开你妈妈。在心理上不要依靠妈妈，否则你的婚姻不会幸福的。要记住我今天跟你说的话，以后在你的妈妈和你的男人意见发生分歧的时候，聪明的女人会相信自己选择的男人的话。

你妈妈会给你祝福的。否则她就是在用她的爱控制你。

不要被妈妈控制，不要被任何人控制，只需跟随自己心灵的引领。

你已经非常强大了，只是你自己不知道而已。去试试看，就知道你可以让你的人生非常精彩的。没试过所以不知道啊。你缺乏冒险，所以活得不精彩。你已经够好够棒的了，你配得到一切美好的事物，关键是你要的是什么，你要自己伸手去接住你的幸福。

做人最重要的是要知道两件事：第一，要知道自己是什么样的人。第二，要知道自己真正想要的是什么。

你太美丽了，所以你应该过一个传奇的一生，那样才配得上你。亲爱的，好好让自己过得精彩一些，你值得拥有最好的一切，你是公主！当你够勇敢的时候，世界会为你开路的，否则到老了会后悔自己没有真正活过。

记住，你值得为自己的快乐和幸福冒险。因为你非常美好！要美好！要更加美好！要无限美好！加油！

这是2005年9月25日，我和冯海在MSN上的聊天记录。现在过去了十二年多，再回头看，我发现她跟我说的那些话都是对的。

生活中能出现一个理解你，看清楚你的害怕和犹豫不安的同时又看到你的优点与希望的人，并不多。这些话给了当时踌躇不前的我莫大的勇气。很想对她说声谢谢。也想跟当年的那个自己说一声，谢谢你的勇气。

如果你也跟曾经的我一样踌躇不前，这些话，送给你。

to – 茉莉

姐姐的信

from – 姐姐

说不完的话可以絮絮地聊到深夜。我们就这样在彼此的喜悦、悲伤、神神的小情绪里成长，彼此贴近，成为彼此生命里最重要的人！

"如果有一天我将离开，你将是我最放不下的人。"那些年，我们互为唯一。

这就是我和我的妹妹安丽，我们在成长的岁月里培养了深厚的感情。看到她开心我会由衷地喜悦，她悲伤我会比她还难过，我只想要她快乐幸福。妹妹离开家去成都，每每不适应时我藏着心疼鼓励她坚持下去；当她决定辞职北漂的时候，家里的震动就如十级地震，我告诉她尽管去走自己的路，父母的工作我来做。父母在，不远游。如果我不能够飞翔，我希望妹妹能够带着我的梦展翅高飞毫无牵绊，她的精彩便是我的快乐！

我已经想不起来，童年的我是怎样从讨厌她到喜欢她的了，那也许是漫长的过程，也许是瞬间转变。

妈妈明明在批评一个人，到最后两个人都哭了，弄得妈妈哭笑不得；妈妈做了好吃的，分明在抢着吃，到最后却又都谦让起来；父母上班的寒暑假，我们玩着自创的小游戏不亦乐乎；上学的清晨我总是先于妹妹起来，叫她起来一起去学校；路遇闹事的，我分明怕得要死也要等着满足好奇心的妹妹凑热闹回来；爱美的年纪，我们互相扎辫子换穿对方的衣服。

放学回家的途中她频繁地跟人打招呼我却都不认识，一问才知是原来的邻居，巷口修鞋的叔叔、卖肉的伯伯、卖爆米花的大叔（她有个外号叫"安半城"）；长大后路遇旧同学我正喃喃自语说那人好像是我同学某某，话音未落她便会大喊：那谁谁我是安娜；她会跑去对同校高年级的男生说，我是你同学安娜的妹妹，我叫安丽（后来，这个男生成为她的姐夫）；她在大街上自报家

图书在版编目（CIP）数据

亲爱的生活 / 茉莉著. -- 北京：北京时代华文书局，2018.6
ISBN 978-7-5699-2241-7

Ⅰ.①亲… Ⅱ.①茉… Ⅲ.①随笔－作品集－中国－当代 Ⅳ.①I267.1

中国版本图书馆CIP数据核字（2018）第001910号

亲 爱 的 生 活
QINAI DE SHENGHUO

著　者	茉　莉
出版人	王训海
图书监制	陈丽杰工作室
选题策划	陈丽杰　喜　泽
责任编辑	陈丽杰　汪亚云
装帧设计	程　慧
封面摄影	菲儿Photo
责任印制	刘　银　訾　敬　范玉洁

出版发行 | 北京时代华文书局 http://www.bjsdsj.com.cn
　　　　　北京市东城区安定门外大街138号皇城国际大厦A座8楼
　　　　　邮编：100011　电话：010-64267955　64267677
印　　刷 | 北京富诚彩色印刷有限公司　　电话：010-60904806
　　　　　（如发现印装质量问题，请与印刷厂联系调换）

开　本	880mm×1230mm　1/32	印　张	6.75	字　数	120千字
版　次	2018年7月第1版	印　次	2018年7月第1次印刷
书　号	ISBN 978-7-5699-2241-7
定　价	45.00元

版权所有，侵权必究

亲爱的生活